La ve

Julien VARTET est avant tout un auteur dramatique. Il a écrit de nombreuses pièces pour le
Théâtre et la télévision.

La vente aux enchères est son second roman policier, après *Le déjeuner interrompu*, qui a obtenu en
1979 le prix du Quai des Orfèvres.

Julien Vartet

La vente
aux enchères

Hachette

© Hachette, 1988.

Chapitre 1

« Donne-m'en encore un peu ! »

Il avait suffi d'un verre de vin. La vieille oubliait la guerre intestine et cherchait d'instinct à faire de ce soir d'anniversaire une trêve.

« Cela vous ferait du mal, mère.

— Du mal... du mal... Même si à trois nous buvions toute la bouteille ! Pour une fois... »

Mais la bru, déjà devant l'évier, se retourna vivement et lança :

« Dans certaines familles, on devrait ne jamais oublier où mène l'intempérance ! »

Élisa, brutalement ramenée à la réalité, reposa le verre qu'elle tendait vers son fils, déplaça sa chaise et, sans un mot, se retira dans sa chambre.

Ainsi se terminait, dans un bruit de vaisselle, l'infime manifestation par laquelle le censeur du lycée de Versailles avait fêté son cinquante-cinquième anniversaire, dans la seule compagnie de sa mère et de sa triste épouse. Grand, presque gigantesque, il possédait un long visage de médaille, reflet de toutes ses vertus. Si près de la perfection, Julien Werck ne l'atteignait pourtant pas. L'absence de mauvais penchants avait contrarié chez lui la compréhension pour les fautes d'autrui. Il manquait donc d'indulgence, non seulement envers les élèves, mais également à l'endroit de ses collègues qui ne répugnaient pas à fréquenter les théâtres et les cinémas, voire à entrer dans un café. De fait, cette rigoureuse intransigeance n'était pas sienne. Influençable à son insu, il subissait l'emprise d'une femme laide dont l'avarice dictait tous les comportements. Lors de leur mariage, trente années auparavant, elle brillait de mille feux en qualité de fille d'agrégé. Simple licencié, il avait renoncé pour la vie à la première place.

Il vouait ses soirées à la lecture des philosophes et à la contemplation, dont il ne se lassait pas, d'une pendule ancienne. Celle-ci indiquait les jours, les mois, les saisons. Elle était surmontée d'un automate. Chaque quart d'heure, un berger et une bergère se saluaient. A l'heure, ils échangeaient une révérence. A plusieurs reprises dans le passé, la délicate mécanique était tombée en panne. Mais l'on avait trouvé pour la remettre en état un vieil horloger qui acceptait de faire le déplacement de Paris pour un prix modéré. Cet homme avait chaque fois beaucoup admiré la machine et conseillé à son propriétaire de la faire expertiser, ne serait-ce que pour l'assurer. Cette recommandation n'avait pas été suivie d'effet.

« A quoi bon ? Je tiens bien trop à ma pendule pour la vendre, m'en offrirait-on cinq cent mille francs ou plus. Pour ce qui est de l'assurance, je n'en vois pas l'utilité alors que j'habite un établissement sérieusement équipé contre l'incendie et défendu des vols par une enceinte de murs de six mètres de hauteur. »

Or, ce soir d'anniversaire, l'artisan se présenta sans avoir été appelé. Le repas venait de finir tristement, lorsque le concierge, Glorion, fit retentir sur la porte d'entrée le bruit caractéristique du crochet qui lui servait de main droite.

« Ce sont deux messieurs qui veulent vous parler, monsieur Werck. »

L'horloger s'avançait.

« Tiens, Leluc. Mais je ne vous attendais pas.

— Je sais, monsieur le censeur. Excusez-moi de vous déranger, surtout à cette heure. Voici M. Villognon-Marois, expert agréé par les Tribunaux. »

Derrière lui, apparaissait un monsieur élégant, distingué, décoré de la rosette de la Légion d'honneur.

« Entrez, je vous en prie.

— Leluc m'a parlé de votre pendule. J'ai éprouvé une envie insurmontable de la voir. Car, d'après sa description, je pense qu'il s'agit de la célèbre Janus réalisée au début du XVIIIe siècle en trois exemplaires par un horloger de Besançon du nom de Créteau. L'une, vendue à la Cour de France, n'a jamais été retrouvée. La deuxième est toujours au Vatican. De la troisième, on ne sait rien, si ce n'est qu'elle avait été proposée par lettre aux différents monarques d'Europe. Cet objet d'art entre directement dans le cadre d'un ouvrage que j'écris présentement. Je vous demande encore de pardonner cette intrusion inspirée par l'amour des belles choses.

— Venez au salon, messieurs. Nous finissons de célébrer en toute intimité, ma mère, ma femme et moi, mon cinquante-cinquième anniversaire.

— Cinquante-cinq, vraiment !

— Oh, je vous en prie. La vie du responsable de la discipline d'un grand lycée est épuisante. Je parais certainement mon âge. Veuillez m'accorder un instant. Notre petite fête familiale se terminait d'ailleurs. Vous accepterez bien un verre de mousseux avec un gâteau à la cuiller. Ces occasions sont rares. Il faut en profiter.

— C'est Janus, monsieur !

— Eh bien, examinez-la tranquillement. Je vais revenir avec les rafraîchissements. »

Il réapparut encombré d'un plateau.

« Veuillez, je vous prie, excuser mon épouse qui, fatiguée, doit se reposer. »

Villognon-Marois n'entendait pas. Il manipulait des outils de précision, regardait à travers une loupe, s'épongeait le front, prenait des notes, marmonnait.

« Impeccable ! Admirable ! Elle est complète... Quoi ? Mais ce n'est rien cela, Leluc. Rien, vous dis-je... Une merveille ! Êtes-vous vendeur, monsieur le censeur ?

— Non.

— Attention ! Je ne parle pas pour mon compte... Comprenez-moi bien. Je suis expert et non marchand. C'est d'une vente publique aux enchères qu'il s'agit. Je puis vous assurer que vous obtiendriez au moins un million, net de tous frais.

— Je vous l'avais dit, Leluc. Ma pendule vaut de cinq cent mille à un million.

— Pardon, monsieur le censeur. L'expert s'exprime en nouveaux francs.

— Que dites-vous ?... Cent millions !

— Je suis prêt à confirmer mon évaluation par écrit. Cette attestation ne vous coûtera rien. Je vous demande simplement la permission de revenir en automne prendre quelques clichés pour mon bouquin. Quant à l'Hôtel des Ventes, si ce chiffre modifie votre façon de voir, il vous est ouvert et, croyez-moi, en grande vedette.

— Merci beaucoup. Je ne sais pas vraiment. Je suis bouleversé ! Sans nul doute, un capital aussi considérable changerait du tout au tout nos conditions d'existence. Mais je me sens si attaché à ma pendule.

— Croyez, cher monsieur, que je vous comprends. Je vous le répète, je n'ai aucune intention mercantile. A votre place, j'hésiterais beaucoup également à me séparer d'un pareil joyau. Les satisfactions que l'argent peut apporter à nos âges ne sont pas tellement étendues. En revanche, je reprends à mon compte le conseil que vous avait donné Leluc. Assurez-vous. Mon certificat d'expertise vous permettra d'obtenir de n'importe quelle compagnie une garantie à cent pour cent.

— Vous avez certainement raison. Lorsque

ce brave homme m'avait fait sa suggestion, j'ignorais la valeur de l'objet. Je suis maintenant bien obligé de m'exécuter. Mais quel ennui ! L'agent d'assurances, ici, est le plus grand bavard que je connaisse. Je vais apparaître aux yeux de tous comme un homme riche. Cela correspond mal à ma fonction et à ma personne. Si vous connaissiez les milieux universitaires, vous sauriez combien je dois appréhender la réaction de mes collègues les professeurs et celle de leurs épouses.

— Broutilles ! Nous avons en Lebreton un courtier spécialisé dans les œuvres d'art. Je vais lui adresser directement mon papier avec vos coordonnées. Vous recevrez votre contrat par la poste. Il est maintenant grand temps de partir. Un dernier coup d'œil sur cette splendeur.

— Reprendrez-vous un peu de mousseux ?

— Mon cher censeur, je serai franc jusqu'au bout. Autant j'apprécie votre goût pour les objets d'art, autant je m'en sépare, s'agissant des vins. Si vous me faites l'amitié de me rendre visite, à l'adresse qui figure sur cette carte, je vous donnerai à goûter un Bollinger 1979 aussi éloigné de ce breuvage que votre Janus d'un carillon électrique. Pardonnez-moi cette impertinence en raison de la bonne nouvelle que je vous ai apportée. Allons, venez, Leluc.

— Je vais vous accompagner.

— Inutile.

— Si. La nuit est complète à présent et notre éclairage extérieur vraiment pauvre. Je vais

10

prendre ma lampe portative. D'ailleurs, les concierges sont souvent difficiles à réveiller... Passez, je vous prie... Là, vous devez descendre deux marches... Par ici... Une bonne nouvelle ? Oui, bien sûr, mais quel trouble ! Quand je pense à cette somme fabuleuse avec laquelle je pourrais acheter une maison pour ma retraite, ainsi que tous les livres dont j'aurais envie ! Mais si je vendais la pendule, je ne l'aurais plus. Je ne vais tout de même pas passer mes soirées à regarder la télévision ! Quel embarras !

— Peut-être votre femme sera-t-elle de bon secours pour vous aider à prendre une décision ?

— Vous n'y pensez pas. Si j'exposais la situation à mon épouse, je n'aurais plus le choix. Elle me harcèlerait jusqu'à la mise en adjudication. Une chance qu'elle n'ait pas assisté à l'entretien... Glorion, la porte, s'il vous plaît. Tiens, ils ne dorment pas encore. C'est peu courant. Merci, monsieur l'expert. Merci infiniment. Je vous écrirai si j'arrive à consentir à cette séparation. Au revoir, Leluc. Mon pauvre ami, quel drame vous m'avez apporté involontairement. Bonsoir, messieurs. Merci encore. »

Julien Werck ne rentra pas directement chez lui. Il avait besoin de mouvement. Le faisceau lumineux de sa lampe-torche balancée à bout de bras au rythme d'une marche nerveuse balaya successivement les cours du lycée. Comme il passait pour la troisième fois devant le dortoir des petits, il entendit des chuchotements. Projeté brusquement sur une fenêtre du second étage, le rayon jaune fit apparaître quatre blancs moinillons tout ébouriffés qui disparurent comme des lucioles. Un censeur, quelle que soit l'émotion qui l'étreint, ne doit pas s'abandonner à des comportements insolites. Il regagna, dans le salon resté éclairé, son fauteuil habituel. Depuis la mort subite du professeur de sciences naturelles, il se prenait le pouls.

« Vingt-quatre multiplié par quatre, quatre-vingt-seize ! Bah ! c'est le choc... Cent millions ! »

Il ne saurait jamais, comme cet expert plein d'aisance, s'exprimer en nouveaux francs. C'est vrai qu'il manipulait l'argent si rarement, laissant Laurence gouverner leur budget. Pourquoi, sans enfants, économisait-elle les deux tiers de son traitement, malgré la sécurité de la retraite ? Trente ans de sacrifices pour constituer un magot qui, amputé régulièrement par les dévaluations et, occasionnellement, par de mauvais placements, ne dépassait guère trois pauvres vieux millions, alors qu'il suffisait d'allonger le bras pour en toucher cent tombés du ciel. Puisque toute cette mesquinerie pouvait prendre fin, était-il honnête de continuer à détourner les yeux du motif réel qui poussait Laurence à les sevrer tous, en s'acharnant sur la mère ?

« Ton grand-père n'était qu'un simple paysan, mais chez lui les vieux avaient leur verre de vin midi et soir et on ne leur comptait pas les morceaux de sucre.

— C'est pour sa santé. »

Chacune s'adressait à lui. Elles ne se parlaient plus.

« Quand ma mère est morte, elle était bien plus âgée que moi. Du sucre, plus on va, plus il en faut. J'en sens bien le besoin qui me tord l'estomac. »

Mais la bru ne fléchissait pas. Elle gardait ses provisions sous clef et ne lâchait jamais son trousseau.

L'esprit de Werck vagabondait. L'idée d'un canular monté par des élèves de première ou de philo avec la complicité d'un parent, un comédien peut-être, l'assaillit soudain. Il alla chercher l'annuaire du téléphone et retrouva, sans peine, en bonne place, le nom, l'adresse et le titre gravés sur la carte de visite restée sur la table.

« Je suis trop bête. Leluc, que je connais depuis des années, ne se serait pas prêté à une mystification. »

Alors, ses pensées prirent un autre cours.

« Mais enfin, une vente aux enchères, c'est très mauvais. Qui achète dans ces conditions ? Les marchands... Et puis, cette expertise gratuite ne paraît pas normale. Les gens savent très bien que les universitaires sont sans défense dans les affaires d'argent... Ils ont tendance à en abuser. La pendule vaut peut-être le double... Quel malheur de n'avoir pas un seul ami sincère, discret, auprès de qui prendre conseil !...

Ce Villognon-Marois n'est certainement pas un plaisantin, mais il aime le champagne ; il le dit lui-même. Et puis, Leluc sentait un peu le vin. Qui peut savoir s'ils n'avaient pas fait tous les deux, à Évreux, un bon déjeuner au point de n'avoir plus le soir tout leur bon sens ? Voilà l'évidence ! S'il en était autrement, une chose demeurerait inexplicable : comment un objet d'une telle valeur aurait-il pu se trouver dans les mains des pauvres fermiers qu'étaient mes grands-parents ? L'expert, une fois dégrisé, se rendra compte de son erreur. Je n'en entendrai plus jamais parler. »

Ce jeu de bascule mental dura une semaine. Mais le huitième jour, le courrier apporta, en provenance du cabinet Lebreton, rue La Boétie, à Paris, une volumineuse enveloppe dont le contenu y mettait fin de façon péremptoire. Chaque ligne du rapport Villognon-Marois était lourde de références. L'expert avait eu le temps de prendre note d'une foule de détails. Il avait relevé des numéros, une signature. On ne pouvait que s'incliner devant un document aussi savant. En outre, un contrat d'assurance établi par une compagnie de première importance complétait l'envoi. M. Werck était invité à le retourner, revêtu de sa signature, et accompagné d'un chèque ou d'un mandat en paiement de la prime annuelle, le tout sous pli recommandé, la date de couverture du risque étant définie par le récépissé de la poste. Cette clause déclencha un réflexe d'obéissance. Ce contrat, dans lequel son nom figurait une dizaine de fois, avait été établi, après son accord verbal, donné, non à un misérable démarcheur, mais à un officier de la Légion d'honneur en présence d'un témoin ! On ne se soustrait pas à des obligations pareilles ! Pourtant, il n'était pas question de demander l'argent à Laurence. Par bonheur, il disposait pour se tirer de ce mauvais pas d'une cagnotte, constituée à l'insu de sa cupide compagne par quelques droits d'auteur sur de modestes ouvrages d'enseignement. Moins d'une heure plus tard, l'assurance de la pendule était en règle. Cette formalité donna au censeur, durant les heures qui suivirent, le sentiment d'avoir recouvré sa tranquillité d'esprit. Ce n'était qu'une illusion. Il se réveilla au milieu de la nuit suivante aux prises avec une véritable angoisse. Les pièces qu'il avait reçues établissaient sans nul doute qu'il se trouvait à la tête d'un patrimoine important. Comment lui, Julien Werck, pouvait-il détenir dûment ce capital ? Il aurait fallu pour cela que l'un quelconque de ses aïeux eût possédé une véritable fortune. Ce n'était certes pas le cas. N'avait-il pas eu en vacances, autrefois, la curiosité de consulter les archives de la mairie du petit village où il était né ? Est-ce qu'il n'avait pas alors, devant la modestie de son ascendance des deux côtés : Werck — cultivateur, Martin — forgeron, Werck — berger, Defer — cultivateur, etc., tiré vanité de sa situation élevée dans l'enseignement ? Il fallait donc envisager le pillage d'un château lors de la Révolution... Ainsi, le responsable de la discipline d'un grand lycée était riche du produit d'un vol. Il cherchait désespérément des excuses. Pouvait-il les trouver dans ses convictions républicaines ? Allons donc, le Musée National n'a-t-il pas été créé en 1793 tout spécialement pour recevoir les richesses des privilégiés de l'Ancien Régime ?... Résidaient-elles dans son ignorance de la valeur de la pendule ? Et l'ancienneté du vol supposé, près de deux siècles, n'apportait-elle pas l'absolution ? Non, tous ces arguments ne pouvaient être que fallacieux. Car son méfait propre avait été commis le matin même. Un homme scrupuleux, en recevant le rapport qui authentifiait Janus, aurait écrit au conservateur du Louvre qu'il la tenait à sa disposition. Lui, tout à l'inverse, avait eu le front d'apposer sa signature sur un document qui témoignait de sa prétention à la propriété de l'objet d'art, en pleine connaissance de sa valeur réelle, donc de son origine suspecte !

Comme le petit jour commençait à traverser les volets, il en vint à forger une hypothèse. Qui sait, après tout, si au cours du libertin XVIIIe siècle une de ses aïeules n'avait pas servi au plaisir d'un gentilhomme et reçu en récompense un cadeau seigneurial ? Cette supposition n'était qu'en partie apaisante. Pour mieux la soupeser toutefois, il se laissa glisser hors des draps et fit quelques pas pieds nus dans la chambre. Mais lorsque son regard rencontra le triste visage endormi de son épouse, que l'éclairage blafard n'arrangeait pas, le censeur estima, le cœur serré, qu'il était ridiculement vain d'attribuer au charme féminin le pouvoir de susciter le don d'une machine aussi admirable, et il se recoucha.

Cette crise de conscience se prolongea plusieurs jours. Il finit par en trouver l'issue en rédigeant un testament par lequel il léguait la pendule au musée du Louvre. Faute de notaire, il le confia sous pli cacheté au proviseur, croyant de bonne foi avoir pris ainsi des dispositions décisives.

Cette solution permettait à Julien Werck de conserver son divertissement dans la paix de l'âme. Elle avait pour inconvénient de repousser une fortune apportée par le sort, grâce à laquelle il aurait peut-être obtenu que sa mère ne soit plus réduite à la portion congrue.

Chapitre 2

Le commissaire principal Raymond Jèze n'avait qu'un étage à monter pour se rendre de son bureau à son habitation. Entré dans la police par hasard, il y était resté par indifférence. Son métier ne l'avait intéressé que durant les trois premières années de sa carrière, où il était secrétaire à Saint-Germain-des-Prés, mais uniquement parce qu'il trouvait alors au bureau même des occasions supplémentaires. Car, depuis l'âge de dix-huit ans, et il en avait maintenant quarante-six, Jèze vivait exclusivement pour ses innombrables aventures féminines. Grand, bien taillé, le visage large, il était l'affabilité personnifiée. Sa gentillesse, la constance de son humeur, son habileté dans l'art d'opérer des replis stratégiques lui permettaient d'évoluer avec aisance au milieu des complications sentimentales. Depuis son mariage, dix-sept ans auparavant, il avait continué, comme si de rien n'était, sa vie de séducteur célibataire. Or sa femme, qui n'en ignorait rien, était toujours là. Et tout compte fait, leurs relations n'étaient pas plus mauvaises que celles de bien d'autres ménages, au contraire. La responsabilité du Commissariat de Sécurité Publique de la ville de Versailles, qu'on lui avait confiée depuis un an, ne lui plaisait pas du tout. Le poste, quel que fût le savoir-faire de son titulaire, comportait bon nombre de tâches difficiles à déléguer. Il en résultait de regrettables contraintes, d'où des heures et des heures perdues à l'âge précisément où, le pouvoir de séduction s'atténuant, il faut plus de temps pour mener à bien une conquête. Mais il prenait son mal en patience, heureux finalement d'avoir échappé à une nomination dans une lointaine province.

Il était midi et demi, l'heure habituelle du déjeuner. Son fils ouvrait justement la porte du palier pour sortir.

« Où vas-tu, mon vieux ?

— Chercher du pain.

— Alors, veinard, c'est ce soir les vacances ?

— Oh, tu sais, papa, elles sont déjà commencées. Depuis lundi, nous n'avons presque plus de cours. Les profs font passer des oraux à l'extérieur. La plupart des internes avaient de bons motifs de trains ou d'avions pour partir hier soir. Ce matin, nous étions quarante et un en tout. La classe de latin des troisièmes et les autres mélangés dans une seule étude.

— Dans ces conditions, je pense que tu n'iras pas au lycée ?

— Si. Les vacances débutent le jeudi 29 juin et non le mercredi 28 à midi. »

Il était comme ça, François, seize ans, l'opposé de son père.

« A ta guise, mon bonhomme. »

Nicole semblait nerveuse.

« Tu peux redescendre si tu veux. Le déjeuner n'est pas prêt.

— Puis-je t'aider ?

— Non, il faut attendre que le rosbif soit cuit. Nous avons manqué de gaz.

— Cela n'a aucune importance. Je vais en profiter pour prendre un peu le soleil. »

Il l'embrassa sur le front, enleva sa veste et sa cravate, et alla s'installer dans le réduit sous sa lampe à brunir. Mais il fut bien vite dérangé.

« On t'appelle sur le téléphone intérieur. Il paraît que le censeur du lycée est en bas et demande à te voir d'extrême urgence. Pourvu qu'il ne soit rien arrivé à François !

— Tu plaisantes. Il était là il y a dix minutes. D'ailleurs, il revient, j'entends la porte.

— Ah oui ! Oh mon grand, je viens d'avoir une peur... Mais dis-moi, tu n'as pas fait de bêtise au lycée ?

— Moi ?

— Ma chère Nicole, si le censeur avait des reproches à formuler contre notre fils, il ne se dérangerait pas. Il nous convoquerait. Ce n'est pas le père, j'en suis convaincu, qu'il vient voir, mais le policier. C'est pourquoi je ne vais pas le faire monter, mais le recevoir dans mon bureau en attendant que s'achève cette cuisson. Quel que soit notre espoir de retourner à Paris prochainement, cela reste de bonne politique de soigner nos relations avec la direction du lycée de Versailles. »

Il remit sa cravate, endossa sa veste et redescendit, le sourire déjà prêt pour un accueil courtois.

« Entrez, monsieur le censeur. Asseyez-vous, je vous en prie. En quoi puis-je vous être utile ? Vous semblez très affecté. J'espère qu'il n'est rien arrivé de grave. »

Werck était décomposé.

« On m'a volé ma pendule.

— Ce n'est que ça ! Vous me rassurez. En vous voyant, j'imaginais une catastrophe.

— Pour moi c'en est une.

— Certes ! Excusez-moi de n'avoir pas réagi comme vous l'escomptiez. Ce manque de sensibilité est sans doute le fait d'une déformation professionnelle. Voyez-vous, tous les drames de la ville aboutissent ici, les accidents de la circulation, les suicides, des meurtres parfois. Au long des années, cela nous endurcit.

— Monsieur le commissaire... J'ai dit ma pendule, par habitude. En réalité, elle appartient au Louvre.

— Bah ! A quel titre vous l'a-t-on confiée ?

— Je l'ai moi-même léguée au musée voici deux mois.

— Mais vous êtes vivant, selon les apparences.

— Assurément !

— Or le droit au legs — *dies cedit* — a lieu au jour du décès du testateur. Quelle forme avez-vous donnée à vos dispositions ?

— J'ai rédigé un testament. Je l'ai placé dans une enveloppe cachetée dont le proviseur a bien voulu accepter le dépôt.

— C'est tout ?

— Oui.

— Voilà qui ne suffit certainement pas pour mêler l'administration des Beaux-Arts à l'affaire. Ça ne vaut que mieux. En somme, vous n'avez même pas pris contact avec le conservateur ou son représentant ?

— Non.

— Cependant, vous êtes convaincu que votre pendule est digne d'entrer au Louvre ?

— Oui.

— Je ne doute pas qu'un homme aussi éclairé...

— Je ne le suis pas en cette matière. C'est fortuitement que j'ai été informé de la valeur de l'objet. Ma conscience m'a alors prescrit de m'en dessaisir au profit de l'État. Pour éviter des discussions avec mon épouse malheureusement incapable de partager mes scrupules, et par faiblesse aussi, afin de continuer à jouir des satisfactions que me donnait cette chose admirable, j'ai trouvé le biais d'un don après ma mort. Je mesure aujourd'hui les conséquences du compromis auquel je me suis abandonné. Si j'avais opéré une donation au lieu d'un legs...

— Calmez-vous, monsieur le censeur, et dites-moi ce que je puis faire pour vous.

— Diligence, monsieur le commissaire. Le méfait est tout récent. Il est intervenu ce matin même entre dix heures quinze et midi. Il est peut-être encore temps de retrouver le précieux objet.

— Vous désirez donc porter plainte.

— Je réclame l'intervention de la police.

— Pour cela, il vous faut déposer plainte. Si vous êtes sûr que le méfait a été commis ce matin, nous pouvons la recevoir ici.

— J'en suis absolument certain. J'ai invité hier soir mes principaux collaborateurs qui s'étaient groupés pour m'offrir, au mois de février, un souvenir à l'occasion de ma promotion au grade d'officier dans l'ordre des Palmes académiques. Cette réception s'imposait depuis plusieurs mois. Mon épouse, qui a horreur de toute mondanité, l'a différée jusqu'au dernier moment. Certains de nos hôtes sont fumeurs. Ma femme s'est empressée ce matin d'aérer et, avec l'aide d'une femme de charge, de nettoyer le salon à fond. Elles ont toutes les deux vu la pendule que Mme Weick elle-même a épousetée avec les précautions habituelles. Quand je suis rentré, à midi et quart, j'ai contaté sa disparition. Le mieux serait certainement que vous veniez tout de suite vous-même commencer l'enquête.

— Désolé... Ce serait pourtant avec le plus grand plaisir. Mais je craindrais de ne pas être à la hauteur de cette tâche. Les commissaires sont de détestables limiers. Les études de droit qui nous sont imposées gâchent le flair. Je dispose en revanche d'excellents officiers de police. Ils sont, je dois dire, accablés de besogne.

Mais, pour vous être agréable, je vais en libérer deux séance tenante. »

Il décrocha son téléphone :

« Qui est de garde actuellement ? Filippi... Ah... Ah... bien. Envoyez-le-moi... Une belle journée, monsieur le censeur...

— Dramatique pour moi, monsieur le commissaire.

— Entrez, Filippi... Monsieur le censeur, je vous présente l'officier de police Filippi... M. Werck, censeur du lycée. Asseyez-vous, Filippi. Voici l'affaire en deux mots. Il s'agit du vol intervenu ce matin d'une pendule de grande valeur. Vous allez commencer par recevoir une plainte dans le cadre du flagrant délit. J'espère que, pendant ce temps-là, Le Couédic rentrera. J'aimerais que vous soyez deux à fureter. Vous m'entendez bien. Nous n'avons pas de mandat de perquisition. Vous assisterez le censeur dans le cadre de l'autorité attachée à ses fonctions. Par chance, le lycée s'est vidé hier. Il ne contenait plus ce matin qu'une quarantaine d'élèves.

— Comment le savez-vous ?

— Très simplement, monsieur le censeur. Filippi, orientez-vous particulièrement sur ces internes qui vont partir ce soir avec leurs bagages. A propos, quelles sont les dimensions de l'objet ?

— Quatre-vingts centimètres de large environ, peut-être soixante de hauteur, soixante-quinze avec les personnages de l'automate.

24

— Je vois mal un écolier dissimuler un meuble pareil dans sa valise. Et le poids ?

— Je ne sais pas au juste. Vingt kilos, si ce n'est plus...

— Voilà qui me rend fort optimiste. Filippi, si par chance vous pouvez mobiliser un troisième collègue, n'hésitez pas. Je suis convaincu que la pendule n'est pas loin de son socle. Et je serais vraiment heureux que vous parveniez à la remettre au plus tôt entre les mains de son propriétaire.

— Monsieur le commissaire, supposez que nous découvrions les coupables, ou de simples suspects, pouvons-nous les amener ici ?

— A mon avis, vous trouverez plus facilement la chose que les auteurs du vol. En tout cas, si vous aboutissiez à suspecter des enfants, vous n'oublierez pas que nous n'avons pas le droit de les interroger hors de la présence des parents. »

Tournant la tête vers Werck, il changea d'intonation :

« Cher monsieur, je devine votre impatient désir d'entreprendre ces recherches avec notre aide. Je ne vais donc pas vous retarder. Si vous aviez à me revoir cet après-midi, il conviendrait que ce soit avant dix-neuf heures, car j'ai ensuite à Paris un rendez-vous important. Filippi, vous êtes jeune, mon ami, et souvent trop ardent. Soyez prudent. »

Il savait s'esquiver, celui-là ! Trois secondes plus tôt il était assis dans son fauteuil, et soudain le censeur se retrouvait en tête-à-tête avec l'officier de police qui se leva à son tour.

« Nous allons passer de l'autre côté. »

Délivré par le départ de son chef, l'inspecteur avait changé de ton et de maintien. Son regard noir exprimait presque un défi permanent. Peut-être son choix entre le camp de l'ordre et l'autre avait-il tenu à peu de chose, en Corse, une dizaine d'années auparavant ?

« Asseyez-vous. »

Plus de fauteuil, mais une chaise bancale. Une grande pièce parcimonieusement meublée qui, d'après le nombre de machines à écrire, devait être utilisée par cinq ou six personnes.

« Vous voyez les conditions dans lesquelles nous travaillons. Et encore... Maintenant, c'est tranquille parce que mes collègues déjeunent. J'espère que dans l'enseignement vous êtes mieux lotis. »

Il disposait sa veste sur un cintre, allumait une cigarette, mettait le carbone en place, soupirait.

« Allons-y... "Nous, Giovanni Filippi, officier de police..." Votre nom ?... avec un double v ?... Champenois... C'est dans quel département ?... La Moselle... Ah ! vous êtes de l'Est, je comprends pourquoi vous êtes si costaud.

— Je crois, monsieur, que le moment est mal choisi pour bavarder.

— Doucement, vous n'allez pas m'envoyer au piquet, non ! On veut bien rendre service, mais il ne faut pas exagérer. Tant que votre plainte n'est pas signée, je n'ai pas le droit de lever le petit doigt. Et si vous voulez que nous vous accompagnions en force, il convient d'attendre que les autres soient de retour. D'abord, commencez par me raconter votre histoire. Je ne la connais pas, moi. »

Werck recommença son récit. Les efforts de patience qu'il déployait lui faisaient prendre involontairement un ton de pédagogue. Mais Filippi l'interrompait souvent. C'était :

« Hé là, doucement... Je ne suis pas sténo, moi. »

Ou :

« Alors votre dame est allée faire ses commissions et votre mère était seule dans le logement. Elle ne doit pas être jeune, votre maman.

— Soixante-dix-sept ans.

— On ne la dérangera pas, cette pauvre dame. J'emmènerai la portative pour l'entendre sur place. Vous voyez qu'on n'est pas si méchant. »

Il entendait aussi défendre son style.

« Qu'est-ce que ça peut vous faire que je marque "horloge" au lieu de "pendule". C'est pour éviter les répétitions. Pendule, voilà trois fois que je l'ai déjà écrit... »

Le censeur haussait les épaules. Mieux valait ne pas discuter. Un homme entra.

« Ah ! Langlois, tu ne peux pas te rendre libre tout à l'heure ?

— Pourquoi ?

— On retourne à l'école...

— Tu blagues...

— C'est pour une affaire dans le vieux lycée.

27

« — Il y a des morts ?

— Non, le vol d'une pendule.

— Et tu veux qu'on se déplace, à deux encore !

— A trois si possible, mon vieux. Ordre du patron. Monsieur est le censeur de l'établissement.

— Enchanté... Tiens, j'en suis. Ça me changera les idées. »

Le Couédic, lui, se montra plus déférent. Il avait un fils en sixième. Et lorsque Filippi arrêta devant le bureau de tabac de l'avenue de Paris la petite Renault dans laquelle les quatre hommes avaient pris place, il protesta :

« Tu ne vas pas t'arrêter. Tu sais que monsieur est pressé.

— Ça te va bien de parler ainsi le ventre plein. Avec ou sans ta permission, je mangerai deux sandwiches. Vous non plus, monsieur le censeur, vous n'avez pas déjeuné. Venez donc.

— Je n'ai pas faim.

— Eh bien, vous boirez quelque chose.

— Je préférerais attendre dans la voiture.

— Vous êtes trop fier pour trinquer avec nous ? »

Il y avait presse au comptoir.

« Monsieur le censeur, aidez-moi à pousser. Vous avez le poids et le gabarit pour faire de la place, vous !

— Hé, la belle ! Un jambon beurre et un gruyère. Quand est-ce qu'on sort ensemble le soir ?

— Il faudrait pour ça que vous commenciez

28

par mettre mon homme en prison, car il devient de plus en plus jaloux. »

Coincé entre les policiers et un plâtrier dont chaque mouvement poudrait de blanc son costume sombre, Werck, qui dépassait l'assistance d'une demi-tête, jetait des regards éperdus dans la crainte de découvrir un visage de connaissance.

Quand on lui annonça le retour de l'expédition, le commissaire déclara :

« J'aurai peu de temps. Je vous avais prévenus, je suis convoqué place Beauvau. »

Il avait changé de costume et de cravate, s'était rasé pour la seconde fois de la journée et sentait bon l'eau de Cologne.

« Où est Filippi ?

— Il est allé chercher les principaux suspects. Le Couédic, lui, revient du lycée où il a continué encore quelques minutes à recevoir des dépositions avec la portative.

— Je vous écoute, Langlois. Vous m'obligeriez en vous montrant aussi concis que possible.

— Les recherches d'abord. C'est Le Couédic qui les a dirigées. M. le censeur avait mis à sa disposition pas mal de monde, une quinzaine de personnes. Elles n'ont pas abouti. On peut dire qu'à l'exception des appartements, dans lesquels nous n'avions pas qualité pour perquisitionner, le lycée a été visité de fond en comble. Certes, l'établissement est vaste, mais l'objet est lui-même très volumineux. Il ne s'agit pas d'une bague ou d'une liasse de billets. On peut réserver l'hypothèse d'un vol par un membre du personnel logé. Mais elle est peu vraisemblable.

— Alors ?

— Nous avons trouvé une piste des plus sérieuses. La pendule aurait été emportée entre onze heures trente et onze heures quarante dans la camionnette du distributeur d'eau minérale. S'agit-il d'un véritable vol, comme je le crois avec Filippi, ou d'un canular de fin d'année scolaire ? Le Couédic ne serait pas, pour sa part, surpris que les coupables aient eu seulement l'intention de déposer le produit du larcin dans l'un de ces endroits affectionnés par les farceurs, tel le bureau du chef de la gare de Chantiers ou un confessionnal de l'église Saint-Antoine-de-Padoue.

— Ce n'est pas, protesta le censeur, le rôle de la police que de suggérer des excuses aux malfaiteurs.

— Cher monsieur, nous parlons entre nous... Je ne dispose plus que de quelques minutes... Continuez.

— Si l'objet volé n'est plus dans l'établissement, comme nous le supposons, il n'a pu sortir que par la porte principale. Le vieux lycée a été conçu comme une caserne. Les murs ont six mètres de haut. Les fenêtres du rez-de-chaussée sont grillagées. Elles donnent sur deux rues et une place très fréquentées, particulièrement aux heures de la journée qui nous intéressent. On n'imagine pas la pendule descendant en public du premier étage, accrochée à une corde. Par ailleurs, il est certain que les deux portes de secours n'ont pas été ouvertes, ne serait-ce qu'en raison de la poussière et des toiles d'araignée qui les recouvrent. Vingt-deux externes ont quitté le lycée entre midi et midi cinq. Étant donné leur petit nombre, le concierge n'avait pas ouvert pour leur passage la porte cochère, mais seulement le portillon qui la flanque, à côté de sa loge, devant laquelle il se tenait. On ne peut envisager, en raison des dimensions de l'objet volé, qu'il lui soit passé sous le nez. Dans cette hypothèse, les vingt-deux élèves auraient été au courant et une indiscrétion se serait déjà produite. L'évacuation à l'intérieur d'un véhicule apparaît en revanche facile. Il en passe habituellement plusieurs, soit des voitures particulières, soit des camionnettes qui livrent la cantine. Par chance, celle-ci n'avait fait aucune commande pour son dernier jour d'activité, afin d'épuiser les vivres et le pain laissés par les nombreuses défections de la veille. Nos recherches se sont donc trouvées circonscrites en raison d'un fait très exceptionnel : un seul véhicule a circulé ce matin dans l'établissement, particularité que les auteurs du coup ne pouvaient prévoir. Son conducteur est un jeune homme de dix-neuf ans, qui connaît les lieux à fond pour avoir fréquenté le lycée en qualité d'externe durant cinq années, de la sixième à la troisième qu'il a redoublée, avant d'abandonner ses études pour travailler chez son père, Fabre, dépositaire d'eaux minérales et sodas. Il s'agissait pour lui de reprendre, avant le départ en vacances, les bouteilles vides consignées. Étienne Fabre a séjourné plus d'un quart d'heure dans l'enceinte, s'arrêtant avec sa fourgonnette en quatre endroits, y compris devant la porte même de l'appartement du censeur dans lequel il a pénétré.

— Des boissons gazeuses avaient été consommées la veille par ceux de nos invités qui ne supportent pas le café le soir.

— La camionnette a quitté l'établissement peu après onze heures trente sans subir une inspection, son conducteur étant bien connu. Il est établi aussi que tous les élèves sont restés entre onze heures et midi sous le contrôle visuel, les uns du professeur de latin, les autres du maître d'étude, à l'exception de deux : Sébastien Fabre, quinze ans, frère du livreur, ainsi que son inséparable ami, Michel Flavier. Flavier, qui est interne, s'est tout simplement éclipsé avant la classe de latin. Fabre, lui, l'a quittée à son début, prétextant des coliques. Il est resté absent près de trois quarts d'heure. Or, le nettoyage des cabinets de l'étage a été effectué à ce moment inhabituel en raison de la fermeture. Ils étaient déserts... »

Le commissaire regardait sa montre d'un air peiné.

« J'en termine avec l'essentiel. Mme Werck avait, avant de partir faire son marché, disposé sur la table de la cuisine les bouteilles vides dont elle demandait le remboursement.

— Le livreur a donc été seul dans l'appartement.

— Non, car la mère de M. le censeur était là. Mais sa déposition ne nous apprend rien. Elle n'a pas assisté au passage du jeune homme. Il faut dire qu'il s'agit d'une personne âgée qui entend assez mal. Elle n'a pu nous fournir aucune indication. Ce n'est pas étonnant. L'appartement est vaste et réparti sur deux étages. Au rez-de-chaussée, une entrée, à droite la cuisine, à gauche le salon qui sert en même temps de bureau, dans lequel était la pendule. Au fond se trouve la salle à manger, une pièce pratiquement inutilisée. Les chambres, une salle de bain et un cabinet de toilette sont au premier étage. Pour peu que la vieille dame se soit trouvée dans sa chambre au moment du vol, sa présence, en raison de son infirmité, ne jouait pas. Pensez que la fourgonnette devait être arrêtée à un mètre environ de la porte d'entrée, donc à cinq mètres au plus de l'emplacement de l'objet volé ! Le transfert ne demandait pas plus de trente secondes. »

On frappait. Filippi passa la tête par la porte entrouverte, puis entra.

« Tout le monde est là, monsieur le commissaire.

— Qui ?

— Fabre, ses deux fils et Michel Flavier.

— Et le père Flavier ?

— Il navigue sur la Méditerranée.

33

— La mère ?

— Morte depuis longtemps, paraît-il.

— Dans ce cas, vous ne pouvez recevoir du garçon qu'une déposition spontanée. Avertissez-le clairement qu'il est en droit de ne pas vous répondre jusqu'à ce que son père soit à son côté. Vous m'excuserez, monsieur le censeur, je dois absolument partir maintenant. Je vous souhaite de récupérer votre bien. Si, comme j'en ai l'impression, vous désirez attendre encore avant de rentrer chez vous, il n'y a pas d'inconvénient à ce que vous demeuriez dans mon bureau où vous aurez plus de confort. Bonsoir, messieurs. »

La porte était déjà refermée avant que Langlois, dont l'allure campagnarde se renforçait d'un accent picard, eût fini de se lever.

« Voulez-vous que je demande à un gardien d'aller vous acheter le journal du soir ?

— Non, merci. Je ne peux pas assister aux interrogatoires ?

— Ce ne serait pas réglementaire. D'un autre côté, il n'est pas mauvais que nous vous gardions sous la main, en cas de renseignements à vous demander. »

Le censeur demeura seul dans le bureau, droit et raide sur son fauteuil, une main sur chaque genou, aussi figé que lorsque, dans l'antichambre du recteur, il allait présenter ses vœux au début de l'année.

On avait séparé les coupables présumés. Étienne Fabre, le livreur, occupait un cagibi. Son frère, flanqué du père, était assis sur un banc de bois dans le couloir. Michel Flavier bénéficiait d'une chaise à l'intérieur même de l'enceinte délimitée par un comptoir, dans la grande salle ouverte au public pour les formalités. Mais il était bien incapable de tenir en place, allant de-ci de-là, revenant, tournant.

« Vous ne pouvez pas rester tranquille ?

— Si, monsieur. »

Il retournait s'asseoir pour un instant.

« Dites ! Je devais partir pour Toulon ce soir. Est-ce que mon billet sera perdu ?

— Sûrement pas.

— Et la couchette de seconde ?

— Ça, c'est bien possible.

— Ils y vont fort ! »

L'employé haussait les épaules et le poulain prisonnier se remettait en mouvement. Un beau gars, pas grand mais bien proportionné, le visage ouvert, des yeux marron et doux alors même qu'ils étincelaient d'indignation. Vraiment, il n'avait pas l'allure d'un blouson noir, ce petit gibier ramené par les policiers. On voyait qu'il avait fait toilette pour partir en vacances, les cheveux courts et bien peignés, les chaussures brillantes, la cravate ajustée. Quand on se destine à être officier de marine comme papa, autant prendre tôt les bonnes habitudes.

« Michel Flavier.

— Enfin ! »

Il jeta un coup d'œil sur sa montre. De toute manière, le train était manqué.

Le Couédic le faisait passer devant lui.

« Entrez par ici, à droite. Asseyez-vous. »

Tout de suite, le papier imprimé, le carbone et le double sur la machine.

« Vous savez, je suis père de famille. Mon fils aîné est au vieux lycée. Le Couédic, vous connaissez ?

— Non. En quelle classe est-il ?

— En sixième.

— Nous ne sommes pas dans la même cour.

— Vous n'ignorez pas qu'il s'agit de la disparition d'un objet dans l'appartement du censeur. Je vais vous interroger en qualité de témoin, si toutefois vous y consentez.

— Comment ça ! Tout à l'heure, on m'a empêché de prendre le train pour m'amener ici, et maintenant vous me demandez si je consens !

— C'est la loi. Le Code de procédure pénale nous prescrit d'avertir toute personne susceptible d'être compromise dans une affaire pénale qu'elle a le droit de refuser de nous répondre en qualité de témoin. Bien entendu, cela n'implique pas la faculté de se replier définitivement dans le silence. C'est une question de forme et de temps. Celui qui refuse de déposer ici sera convoqué par le juge d'instruction. Cela dit, vous estimerez peut-être que mon collègue vous a rendu service en vous faisant manquer votre train. Car si vous étiez parti ce soir, demain matin une convocation aurait été expédiée, adressée à votre père dont, étant donné votre âge, la présence est nécessaire.

— A mon père ! Mais il commande un bateau de guerre.

— Qu'y puis-je ?

— Vous ne vous rendez pas compte de l'effet d'une pareille missive dans la marine ! »

Il frémissait d'indignation

« Il est possible, si l'objet est retrouvé rapidement, que votre père ne soit pas importuné par cette affaire. Je suis disposé à recevoir votre déposition en dehors des formes habituelles, à condition que vous signiez au préalable une déclaration selon laquelle vous demandez, compte tenu des circonstances, à être entendu seul.

— Au sujet de la disparition de la pendule du censeur ?

— Oui.

— Avec plaisir. Si cela peut épargner le dérangement à mon père. Il sera de retour à Toulon dans dix jours. Il a demandé une permission d'un mois pour que nous fassions tous deux, moi servant et mousse, la côte jusqu'à Cerbère sur son *Requin*. Il préférera certainement n'avoir pas d'abord à venir vous expliquer que je suis tout à fait étranger à cette sombre histoire.

— Bien... "Nous, Jean-Marie Le Couédic, officier de police..." Où êtes-vous né ?... A quelle date ?... Tiens, comment se fait-il que vous soyez interne dans la région parisienne avec un domicile à Toulon ? Il y a des lycées dans le Var...

— Mon père était, il y a quelques mois

encore, détaché auprès d'un organisme international dans les Yvelines. Le changement en cours d'année n'était pas souhaitable.

— Alors vous ne reviendrez pas en septembre ?

— Non. Je suis inscrit là-bas. »

Le policier semblait manipuler sa machine avec maladresse. Mais, avec deux doigts seulement et tout en parlant, il faisait vite.

« Voilà, vous déclarez vouloir vous expliquer, en l'absence de votre père, dans l'intention de lui éviter un voyage long et inutile. Relisez... Signez là. »

De nouvelles feuilles, le même carbone. « Nous, Jean-Marie Le Couédic... »

« Maintenant racontez-moi votre emploi du temps de la matinée.

— Très simple. Toilette — Petit déjeuner au réfectoire avec les autres — Étude puis récréation jusqu'à onze heures. Ensuite, j'ai séché la classe de latin.

— Bien... Tapons déjà ça... Qu'est-ce que nous allons mettre à la place de "sécher" ?... De onze heures à midi, je me suis abstenu volontairement et à l'insu de mon professeur d'assister à la classe de latin.

— A l'insu du professeur, je n'en sais rien. La vérité, c'est que ça m'était bien égal. J'ai terminé l'année : deuxième en sciences physiques, quatrième en math, et vingt-huitième en latin. J'entre en seconde C, section scientifique. Alors vous savez, la dernière leçon de latin de ma vie, je pouvais m'en dispenser.

— Où avez-vous passé cette heure ?

— Dans une planque, pour être tranquille.

— Seul ?

— Oui... oui.

— Qu'est-ce que vous faisiez ?

— Je me suis occupé de ma collection de timbres. J'ai trié ceux que je possède en double afin de les vendre, et j'ai établi la liste de ceux que je voudrais acquérir en échange. Il fallait que ce soit fait avant mon départ, pour que je puisse laisser la commission à un ami. Il n'y a pas de marché aux timbres à Toulon.

— Où cela se passait-il ?

— Ce n'est pas chic ce que vous me demandez là, de brûler une planque. Pas pour moi, mais pour les autres qui vont revenir en septembre.

— J'écrirai exactement ce que vous voudrez. Libre à vous d'être chevaleresque en faveur des petits copains. Laissez-moi cependant, en tant que père de famille, attirer votre attention sur les risques d'une pareille attitude. Vous n'êtes pas ici devant les autorités scolaires, mais à la Sûreté nationale. Il s'agit d'un vol important. Si vous ne faites pas preuve d'une franchise absolue, vous n'avez aucune chance d'éviter de nouveaux interrogatoires en compagnie de votre père qui, d'après tout ce qu'on peut imaginer de lui, vous incitera à dire la vérité.

— Là, vous avez raison !

— Et, entre nous, les pensionnaires découvriront d'autres cachettes, comme leurs parents et leurs grands-parents avant eux. Ne soyez donc pas puéril !

— Bon. En haut de l'escalier C se trouve une porte qui donne sur un grenier. Elle est d'un accès apparemment difficile parce que le bas de l'ouverture est à un mètre cinquante du sol. Mais on peut s'agripper et faire un rétablissement. Quant au cadenas, il est fixé à des pitons qui ne vissent plus. On est même obligé de les enrouler de papier pour les remettre en place. A l'intérieur, c'est très bien. Il y a des caisses vides qui servent de sièges et de table, ainsi qu'un chiffon pour épousseter que j'ai utilisé ce matin.

— Quel est le nom du camarade à qui vous avez remis les timbres ?

— Sébastien Fabre.

— A quel moment ? »

Le visage du garçon se ferma.

« Je vous demande à quel moment...

— Vous êtes rosse.

— Qu'est-ce qu'il est dans la Marine, votre père ?

— Capitaine de frégate.

— Imaginez qu'il soit présent ici. Que vous conseillerait-il ?

— Peut-être pas de cafarder...

— Je vous rappelle ce que je vous ai dit tout à l'heure. Ce qui est valable pour vous l'est pour votre ami.

— Fabre a reçu du conseil de discipline un blâme au début de l'année, pour une histoire alors qu'il n'était pas coupable. Il n'en demeure

40

pas moins qu'il risque maintenant l'exclusion pour la moindre broutille.

— Malgré cela, votre intérêt et le sien consistent à dire la vérité. Croyez-moi. Ce n'est pas du boniment de policier. Je suis breton. J'ai fait mon temps dans la Marine. Vous comprenez ?

— Oui. J'ai confiance en vous... Sébastien est arrivé dans la planque aussitôt après moi. Nous avons travaillé ensemble sur les timbres avec le catalogue Yvert et Tellier. Je voulais aussi lui signaler ceux qui sont abîmés, ainsi que deux qui paraissent faux.

— Combien de temps est-il resté ?

— Largement plus d'une demi-heure.

— Bien... Attendez d'abord que nous écrivions cela... Maintenant, je vais vous dire pourquoi vous avez bien fait d'être franc. D'abord, vous m'avez personnellement convaincu. Ce n'est peut-être pas important, car je ne suis qu'un modeste rouage, mais c'est toujours ça. En outre, votre témoignage ne peut que servir votre camarade, puisque nous savions déjà qu'il s'est absenté longuement de la classe sans pour autant séjourner dans les toilettes, comme il l'a prétendu. Reste à espérer que le petit Fabre n'est pas en train d'inventer des bêtises, ne serait-ce que pour éviter de vous compromettre. »

La famille Fabre résultait de la rencontre d'une jeune lionne avec un mouton. Celui-ci, il faut dire, avait fait illusion, dans son uniforme de parachutiste. Il était suffisamment beau et viril pour déterminer une petite bourgeoise volontaire à passer outre à l'opposition familiale et à se marier avec un peintre en bâtiment. Mais elle avait payé cher l'ivresse de se promener au bras d'un magnifique militaire. Démobilisé, il avait repris ses pinceaux. Réduite à une vie sordide à ses yeux, prisonnière d'une grossesse dès le premier mois du mariage, elle découvrit, le cœur serré, qu'il faisait du bruit en mangeant et n'avait rien à dire. Dès sa délivrance, elle entra, afin de se dégager de la médiocrité, en qualité de caissière chez un distributeur de boissons. Très vite, elle devint la cheville ouvrière de la maison, qu'il lui fut possible d'acheter quelques années après, grâce à un petit héritage pour le comptant, et au crédit pour le complément. Puis, l'entreprise s'était développée. Catherine employait maintenant une vingtaine de personnes, dont son mari et son fils aîné, la réplique du père, cet Étienne naguère rejeté par le lycée. Quant à Sébastien, le lionceau, orgueilleux, intelligent, accrocheur, il avait décroché deux fois le prix d'excellence. Ce passé avait concouru à lui épargner le renvoi après qu'il eut, au début de l'année, envoyé à terre d'un coup de tête bien ajusté un pion coupable selon lui d'une réprimande non seulement injuste, mais injurieuse. En la circonstance, un blâme accompagné d'une exclusion de deux jours constituait une mesure indulgente. Si le conseil de discipline n'avait pas été plus loin, refusant de suivre Werck, son Fouquier-Tinville, c'est que le surveillant qu'on devait par la suite inviter à quitter l'établissement n'était déjà plus sans reproche.

Avant de commencer l'interrogatoire de Sébastien, Filippi avait éprouvé le besoin d'aller boire une bière. Une rencontre dans le petit bar voisin du commissariat avait transformé cet innocent projet. C'est échauffé par quelques apéritifs anisés qu'il revint. Le cafetier avait la main lourde pour servir les policiers. C'était sa manière de faire la cour à des gens influents en matière de contraventions.

« Suivez-moi tous les deux... Asseyez-vous. Vos noms, adresses, dates de naissance... »

Dès lors que, par malchance, sa femme était à la banque quand on était venu le chercher, Augustin Fabre se trouvait privé de directives. Aussi, sa crainte des reproches domestiques l'emportait-elle sur tout autre sentiment.

« Mais enfin, monsieur l'inspecteur, que se passe-t-il ?

— Ce n'est pas à vous que j'ai affaire, mais à lui. J'ai noté votre état civil et tout à l'heure vous me donnerez une signature. C'est tout en ce qui vous concerne.

— Bien, monsieur l'inspecteur.

— Dis donc, toi. Tu ne veux pas me dire où elle est, la pendule ? On ferait passer ça pour une blague de potaches. Qu'est-ce qu'on gagnerait comme temps les uns et les autres !

— Comment voulez-vous que je sache ! Caton ne m'a pas chargé de surveiller son mobilier.

— Caton ?

43

— Caton l'Ancien. C'est le surnom du censeur. »

Il avait la gorge serrée. Il fallait pourtant bien crâner pour compenser une mollesse paternelle qui frisait le manque de dignité.

« Eh bien, mon petit gars, si tu le prends comme ça, tu ne vas pas tarder à te retrouver chez le juge d'instruction. J'ai voulu te tendre la perche. Tu n'en veux pas. Tant pis pour toi. Nous allons procéder à ton interrogatoire officiel et j'inscrirai tes réponses au fur et à mesure. "Veuillez m'indiquer votre emploi du temps ce matin entre onze heures et midi." — Voilà, tu as compris ce que je viens de taper ? Réponds-moi.

— J'étais au lycée en classe de latin.

— Très bien. C'est tout ?

— Oui. Enfin, je me suis absenté assez longuement.

— "Je me suis absenté assez longuement..." Pour quoi faire ?

— J'avais demandé la permission de me rendre aux toilettes.

— Et cela a duré combien de temps ?

— Je ne me rappelle plus.

— "Je ne me rappelle plus." Parfait ! Tu vois, mon petit gars, ici c'est le monde renversé, le contraire de l'école. Toi, tu dictes, et moi, j'écris. Tu auras même le droit tout à l'heure de vérifier si je n'ai pas fait de fautes d'orthographe. Ce n'est pas épatant ? "Il résulte de l'enquête que votre absence a duré de quarante à quarante-cinq minutes..." Voilà ce que disent les témoins qui ont suffisamment de mémoire pour se rappeler à huit heures du soir ce qui s'est passé le jour même. — "Qu'avez-vous fait durant ce temps ?"

— Je l'ai déjà dit.

— Non, tu as déclaré que tu avais demandé la permission d'aller aux toilettes. Je te demande ce que tu as fait réellement.

— J'ai très bien pu avoir la colique et aller à l'infirmerie.

— Ce n'est pas une réponse, ça. C'est une hypothèse. As-tu eu la colique, oui ou non ? As-tu été à l'infirmerie ou pas ? Il ne faut pas te payer la tête des gens. On va t'envoyer au trou si ça continue. »

Il commençait à avoir peur, le petit. Mais cela ne l'empêchait pas de faire front et de regarder le noiraud bien en face, avec ses yeux magnifiques qui étincelaient d'indignation.

« Sébastien... l'inspecteur a raison. »

Ce n'est pas de ce côté-là qu'il fallait attendre du secours.

« Papa, tout cela ne regarde pas la police. On ne met pas les gens en prison pour avoir séché une classe.

— Il s'agit d'un vol. Les suspects sont en nombre extrêmement limité. C'est un alibi qu'on te demande. »

Pour se défendre, attirer des ennuis à Flavier qui avait toujours eu une conduite scolaire parfaite et qui se destinait à Navale ! Non. Il ne battrait pas la chamade !

« Eh bien, écrivez que j'ai été malade et que

j'ai passé tout ce temps aux W.C. et à l'infirmerie.

— Comme tu voudras. »

Les sautes de la machine trahissaient la nervosité et l'irritation de l'officier de police.

« Tu as le droit de relire. Tu signeras ici et
là, et vous à côté :

— Nous allons pouvoir nous retirer, monsieur l'inspecteur ?

— Sûrement pas. Je vais le confronter avec
le censeur et probablement avec les autres.

— Mais il est tard...

— Qu'est-ce que vous voulez que j'y fasse ?
Il n'avait qu'à me dire la vérité. Je n'ai pas
déjeuné, moi, avec cette affaire, et je suis bien
parti pour sauter également mon dîner ! »

En revenant de la B.N.P., Catherine Fabre
avait appris avec un étonnement mêlé d'inquié-
tude que son mari et ses deux fils avaient été
convoqués d'urgence au commissariat pour
être entendus en qualité de témoins dans une
affaire de vol au lycée. Elle avait néanmoins
poursuivi son travail fort absorbant à cette
époque de l'année. Le dernier camion rangé
dans l'entrepôt, tous les employés partis, elle
commença à s'alarmer et prit la décision d'appeler Édith. Son amie d'enfance avait épousé
un avocat de Paris. Sans être dans les tout
premiers, maître Paul-Henri Pannel avait bien
réussi dans sa profession. Il ne dédaignait pas
cependant fréquenter les Fabre. Lorsque les

deux couples sortaient ensemble, l'apport de l'ancien peintre en bâtiment dans la conversation était insignifiant. Mais le brave homme ne gênait pas non plus. Il se tenait à sa place, attentif à servir à boire et, le moment venu, à arracher l'addition.

« Mais si, ma chérie, tu as bien fait de téléphoner. Je vais te passer Paul-Henri. Il va sûrement pouvoir faire quelque chose.

— Allô... Oui, je suis en conférence, mais je vous écoute néanmoins, chère amie. Vu l'urgence de votre appel, mes interlocuteurs vont m'excuser un instant. N'est-ce pas, messieurs ? Allons... racontez-moi votre affaire... Quand ?... Où ?... Ah non, je ne peux pas téléphoner au commissariat. Cela est contraire aux usages et aux règles. En revanche, vous allez, vous, vous y rendre et exiger qu'on libère immédiatement les enfants. Il est plus de huit heures du soir. La police n'est pas en droit de les retenir alors qu'ils n'ont tué personne. Vous ne vous laisserez pas intimider. Si besoin est, menacez de mon intervention auprès du procureur de la République. Je suis convaincu que vous n'aurez pas à en arriver là. Quand toute la famille sera rassemblée à la maison, ne brusquez pas les garçons, ne dramatisez pas. Faites-vous raconter les choses tranquillement autour de la table pendant le repas. Vous en saurez de cette manière beaucoup plus. Ensuite, vous me rappellerez. Nous ne sortons pas ce soir. Nous n'avons personne. Vous ne me dérangerez pas, au contraire. Je tiens absolument à savoir ce qui s'est passé. A tout à l'heure. »

Au commissariat, l'interrogatoire d'Étienne Fabre par Langlois n'avait rien apporté. Livreur d'occasion, il secondait sa mère dans les besognes les plus diverses ; le jeune homme avait effectué le ramassage des emballages le matin, en raison de l'urgence, pour rendre service. Vigoureux, simple, calme, doué d'une bonne mémoire, il se rappelait parfaitement les différentes étapes, le temps écoulé et le nombre de bouteilles manipulées par catégorie. Le texte de son audition ressemblait à un rapport sur le rendement du travail dans une grande entreprise. Le Couédic était allé jeter un coup d'œil par-dessus l'épaule de Filippi et il n'avait pu dissimuler une moue de déception en voyant que, conformément à ses craintes, les déclarations de Sébastien ne confirmaient pas celles de Flavier. Aussi était-il revenu glisser dans l'oreille de Michel :

« Je suppose qu'on va vouloir vous confronter avec votre camarade. Vous pouvez refuser en déclarant qu'il est tard et que vous êtes fatigué. Demain, il fera jour... »

Quand Catherine pénétra dans le commissariat, Sébastien faisait front à la fois contre le censeur et le policier corse, celui-ci de plus en plus brusque, celui-là immense et glacé comme un haut justicier.

« Mes deux fils sont ici. Je désire les voir. »
L'employé hésitait.

« Attendez un moment. Les interrogatoires ne sont pas finis et le père est présent.

— Veuillez avertir le commissaire que je désire lui parler.

— Il n'est pas là.

— Alors, indiquez-moi où sont mes enfants.

— Au fond du couloir, la deuxième porte, vous trouverez du monde. A vos risques et périls, si vous vous faites remettre à votre place. »

Elle frappa à la porte et, sans attendre la réponse, pénétra dans la pièce où se trouvaient Sébastien, assisté de son fantôme de père, le censeur, Filippi derrière sa machine à écrire et Langlois qui rangeait ses affaires.

« Bonsoir, messieurs.

— Maman !

— Je viens chercher mes fils.

— Vous permettez. Nous travaillons... Puisque vous êtes la mère de ce garçon, je vous autorise à rester ici, à condition que vous gardiez le silence.

— Il n'en est pas question. Il est huit heures et demie. Vous n'avez pas le droit de retenir un enfant à cette heure. Nous partons immédiatement.

— J'ai commencé une confrontation et je l'achèverai.

— Dans ce cas, mon avocat sera demain matin chez le procureur de la République. Où est Étienne ? »

Langlois s'avança.

« Dans une pièce voisine, madame. J'ai terminé avec lui. Il attendait pour partir avec son père et son frère. Je vais l'appeler. Laisse, Filippi. Il est effectivement tard. »

Il frappa sur la cloison.

« Le Couédic ! Viens ! »

Comme celui-ci entrait dans la pièce, le censeur déploya sa haute taille.

« Vous ne me reconnaissez sans doute pas, madame. Je suis le censeur du lycée. Il s'agit d'un vol à mon domicile même. La confrontation que vous prétendez interrompre entre votre fils et moi est de première importance, touchant à son alibi. Je désire qu'elle soit poursuivie.

— Moi, non !

— Je vous rappelle que le jeune Fabre a déjà fait l'objet d'un blâme accompagné d'une exclusion temporaire. Vous n'avez pas intérêt à...

— J'ai intérêt à défendre avant tout la santé de mon enfant. A son âge, le traitement que vous lui faites subir peut provoquer un choc nerveux. »

Le Couédic intervint.

« Vous avez raison, madame. Je suppose que si mon collègue a poursuivi jusqu'à maintenant l'audition de ce jeune homme, c'est parce que le père l'a autorisé. N'est-ce pas, Filippi ? Tu n'as pas oublié les recommandations du patron ?

— Bon, bon. Ils ne font que reculer pour mieux sauter.

— Maman, Michel Flavier est ici, lui aussi, tout seul. Nous n'allons pas l'abandonner. »

Le Couédic s'avança.

« Je vais vous le chercher. »

Et presque aussitôt il le ramena.

« Bonsoir, madame. Quelle aventure !

— Maman, Michel a raté son train. Emmenons-le à la maison. On pourra lui prêter ma chambre, je coucherai sur le divan de la salle à manger.

— Je dormirai bien sur le divan.

— Flavier va rentrer avec moi et sera consigné à l'infirmerie jusqu'à l'arrivée de son père.

— Monsieur le censeur, je devais quitter le lycée aujourd'hui. Ma valise est chez le concierge. Mon père doit naviguer jusqu'au 10 juillet. Il est encore au Moyen-Orient. Je ne peux pas rester prisonnier à l'infirmerie quinze jours durant.

— Vous êtes interne. Je suis responsable de vous.

— Quand on n'est même pas capable de garder sa pendule !

— Sébastien !

— Oh, tu sais, maman, il ne faut pas se faire d'illusion. Mon renvoi est acquis, maintenant. Autant se soulager. Ils m'en ont trop fait voir avant ton arrivée. C'est pas mal dur d'être traité comme un voleur !

— Tu n'as fait aucune bêtise ?

— J'ai séché la dernière classe de latin.

— Rien de plus grave ?

— Je te le jure.

— Sur ma tête ?

— Sur ta tête.

— Voilà qui termine mon enquête à moi. Et

puisque ces messieurs sont consentants, à présent partons.

— Et Michel ?

— Qu'il vienne avec nous. Bien sûr !

— Merci, madame.

— Flavier, en votre qualité d'interne, vous êtes placé sous ma surveillance. Je représente votre famille. Je vous intime l'ordre de regagner le lycée. D'ailleurs, j'interdirai au concierge de se dessaisir de votre valise.

— Je peux lui prêter un pyjama et une brosse à dents.

— Chut ! »

C'était Le Couédic.

« Monsieur le censeur, j'ai reçu la déposition de ce garçon que nous avons effectivement retenu contre son gré. Il me paraît excessif de lui imposer par surcroît une mesure d'isolement. Tant pis si le patron me désavoue demain. Je vais prendre mes responsabilités en le conduisant moi-même chez ses amis. Nous passerons par le lycée, le concierge ne me refusera pas cette valise. »

Chapitre 3

Goumme !... Goumme !...

« Tiens, nous entrons en gare. »

Michel Flavier rêvait qu'il était dans le train de Toulon. Mais le marteau continua de frapper sur le timbre, dix fois encore. Il reprit conscience progressivement.

« D'où vient ce vacarme ? Où suis-je ? Ah oui !... chez les Fabre. L'histoire de la pendule m'a flanqué un cauchemar. J'ai cru l'entendre sonner minuit... Je n'ai pourtant pas la berlue ! »

Un tic-tac sonore retentissait dans la nuit.

« Je me rappelle qu'on m'a donné une lampe de chevet. »

Il trouva le fil, alluma, se leva. Seuls éléments familiers dans un décor étranger — une grande pièce meublée en partie en salon — sa valise reposait sur deux chaises, son costume était soigneusement disposé sur une autre.

« Quel salopard, ce Caton ! Enfin, ça aurait pu être pire. Je suis mieux là qu'en quarantaine dans l'infirmerie comme un lépreux. D'où vient ce tintamarre ? »

Il découvrit à l'extrémité de la pièce une horloge normande sur pied.

« Eh bien, ma vieille, tu tiens compagnie, toi ! En somme, j'ai dormi trois quarts d'heure. Elle va me réveiller toute la nuit, la rosse. Ce n'est pas la faute de Sébastien, il a drôlement insisté pour me donner sa chambre. Quel chic type ! »

Il prit le mégot de cigare laissé par le père Fabre, alla le jeter par la fenêtre, se remit au lit et éteignit sa lampe.

« Bah, je n'ai pas à me plaindre. C'est de l'entraînement. Quand on sera à l'ancre dans une crique, sur le bateau, et que le mistral ou le vent d'est se mettra à souffler, on ne dormira que d'un œil ou pas du tout... Il faut d'abord se tirer de cette affaire imbécile. Nous avons fait des déclarations contradictoires. Moi, j'ai dit la vérité parce que l'inspecteur était un brave type et Sébastien a menti pour ne pas me mouiller et pour tenir tête au petit méchant. Il sera bien obligé de se rétracter devant le juge. Cela va être pénible, fier comme il est... Ils sont curieux, ces Fabre ! Auprès de son mari et de son fils aîné, la mère se comporte telle une reine au milieu de ses sujets, et lorsqu'elle se tourne vers Sébastien, son expression change. On a l'impression qu'elle le considère comme le futur chef de la famille, et même qu'elle attend avec ferveur le moment de lui transmettre son autorité. C'est drôle, la vie... J'appartiens à une famille d'officiers, des deux côtés, et je ne sens pas en moi cette crânerie dont il déborde, lui qui a été élevé dans l'eau minérale ! En regar-

dant Sébastien, je cesse de trouver invraisem-
blable que Surcouf se soit embarqué à treize
ans et qu'il ait fait parler de lui presque aussitôt
sur un bateau corsaire... Enfin, pour Sébastien,
il semble bien que l'aventure n'aura pas de
conséquences trop fâcheuses. Du côté de sa
famille, il est tranquille. Sa mère a déclaré à
l'avocat au téléphone : "Je suis absolument
certaine qu'il dit la vérité. Il est bien trop
orgueilleux pour me mentir." Maître Pannel
connaît le proviseur de Louis-le-Grand. Il se
fait fort d'obtenir l'admission de Sébastien qui
pourrait entrer en septembre comme demi-
pensionnaire, avec une carte d'abonnement de
la S.N.C.F. Papa aussi va me croire, évidemment, mais surtout quand nous serons face à
face. Comment vais-je pouvoir le rassurer par
lettre ?... : "Mon petit papa, il m'arrive une
histoire idiote. J'ai eu tort de sécher la dernière
classe de latin. Par malchance, pendant ce
temps, la pendule du censeur a disparu. Je suis
soupçonné par la police..." C'est là où ça ne va
plus ! Je le vois, en lisant ce mot, plisser le
front avec un air offusqué, comme s'il décou-
vrait une tache de graisse sur son uniforme.
Impossible qu'il n'en souffre pas ! La solution
rêvée, ce serait que l'incident soit clos avant
que le *Valmy* atteigne Toulon. D'ici là, il ne
recevra aucune lettre. Caton ne va tout de
même pas être assez sauvage pour essayer de
lui télégraphier. La preuve absolue que nous
ne sommes pour rien dans cette histoire, Sébastien et moi, ils ne l'obtiendront qu'en retrou-

vant les véritables coupables. Peut-être ceux-ci vont-ils se faire connaître lorsqu'ils apprendront les ennuis catastrophiques qui s'abattent sur nous ? En tout cas, moi, à leur place, c'est ce que je ferais. Seulement, s'ils sont partis hier, ils ne seront pas informés avant la rentrée. Entre-temps, les vacances vont être gaies. Encore, je me place là dans l'hypothèse où il s'agit d'un enlèvement par les élèves. Si ce sont de vrais voleurs qui ont soufflé le coucou de Caton, on ne les découvrira peut-être jamais et je serai poursuivi toute ma vie par cette histoire. C'est terrible, une erreur judiciaire. Quand on a en face de soi le visage fermé, hostile de quelqu'un qui n'arrive pas ou ne veut pas vous croire, comme le censeur ou ce petit policier rageur qui interrogeait Sébastien, que peut-on faire ? Je pense à ce malheureux Dreyfus, envoyé au bagne, à Galilée, obligé, lui, de s'agenouiller à soixante-dix ans pour abjurer de prétendues erreurs... Comme ils ont dû souffrir !... Si, un jour, je me trouve conduit, sur un navire, à apprécier l'innocence ou la culpabilité de quelqu'un, je me rappellerai cette expérience personnelle !... Mais qui diable a pu la prendre, cette pendule ? Il paraît qu'elle pèse une vingtaine de kilos, le poids de l'ancre du *Requin*. Ça fait déjà lourd. Évidemment, pour le grand Fabre, cela représenterait un fétu de paille. Et dans sa fourgonnette, il l'aurait engloutie en un clin d'œil. Cette explication a le mérite d'être simple. On comprend qu'elle ait captivé les argousins. Au fond, ils n'avaient même pas besoin de s'acharner sur nous. Étienne Fabre aurait pu faire le coup tout seul. Seulement, ce n'est pas lui. Il porte l'honnêteté sur son visage. Autant soupçonner une petite Sœur des Pauvres d'avoir monté un hold-up. Et puis, s'il avait commis une bêtise de ce genre, il ne nous laisserait pas accuser. Il aurait des remords. Il ne se sentirait pas bien dans sa peau. Il étoufferait, non ! Au lieu de cela, il dînait tout à l'heure tranquillement, de bon appétit, comme si rien ne s'était passé. Une telle faculté de dissimulation prouverait qu'on se trouve en présence d'un monstre qui n'aurait pas attendu d'avoir dix-neuf ans pour se lancer dans les saloperies. La mère s'en rendrait compte, intelligente et sensible comme elle paraît. Même sans nous le dire, elle l'aurait coincé quelque part en tête-à-tête, pour le cuisiner. Tandis que, finalement, ils avaient tous l'air, surtout après la communication téléphonique avec maître Pannel, de prendre les choses du bon côté en ce qui les concerne, et de ne s'en faire que pour moi, à cause de mon père... Non... ce n'est pas le frère de Sébastien qui a calotté le précieux instrument. Mais qui cela peut-il être ? Tous les élèves, semble-t-il, étaient en classe ou en étude, sauf Fabre et moi. Alors un surveillant ? Il y a bien ce patte-pelu de "Fleur de Rhétorique" qui a l'air franc comme Judas, mais je crois qu'il est parti hier, même avanthier... Oh, ce que je suis embêté, embêté... embêté... et même emm... ! L'avocat a promis d'essayer de rendre visite au procureur de la

République, demain. Procureur de la République, je ne savais même pas que cela existait encore. Je croyais que ce mot désignait le grand accusateur qui envoyait les gens à la guillotine durant la Révolution. En arriver là, au procureur de la République, sans avoir rien fait d'autre que de bosser de toutes ses forces pendant l'année scolaire, c'est vache ! Il paraît que la police est obligée de nous manipuler avec précaution, Sébastien et moi, parce que nous n'avons pas seize ans. C'est très joli, mais ça ne suffit pas. Ce qu'il nous faut, c'est être mis hors de cause. Les excuses, nous n'en avons pas besoin, mais au moins qu'il soit établi que nous sommes innocents... Innocents !... Papa, je te donne ma parole d'honneur que je suis innocent. Bien sûr, il me croira, mais c'est dur d'avoir à se défendre dans des conditions pareilles ! Si j'étais avec papa, il me dirait : "Dors. Montre que tu as les nerfs solides." Ce qui ne veut pas dire qu'il dormirait, lui. Il ferait semblant. Il fermerait les yeux et il se mettrait à regretter que l'on n'ait plus le droit de se battre en duel. Il ne pèserait pas lourd, Caton, malgré sa taille, en face du commandant Flavier ! Oh, je suis embêté ! Je vais essayer de dormir. Certains imaginent des moutons passant au-dessus d'une barrière, moi, je pense à des dauphins qui jaillissent hors de l'eau. »

Chapitre 4

« Vais-je le tutoyer ? Il y a vingt-cinq ans que nous ne nous sommes vus. Mais nous étions intimes. Les magistrats sont si déconcertants dans ce domaine. Bah, j'éluderai la difficulté avec une tournure neutre du genre : "Comment se porte le brillant procureur ?" et je le verrai venir. »

Maître Paul-Henri Pannel, informé la veille au soir dans le détail par Catherine du déroulement des événements au commissariat, avait décidé de se faire remplacer dans une expertise, afin d'être libéré pour rendre visite dès le lendemain matin au procureur de la République à Versailles. La gravité de l'affaire ne justifiait sans doute pas une pareille hâte ; mais son caractère très inhabituel, plaisant même par certains aspects, fournissait à l'avocat une occasion excellente de renouer des relations avec un ancien camarade perdu de vue depuis vingt-cinq ans et tout récemment nommé au Parquet important de Versailles.

« Veuillez entrer, maître. M. le Procureur vous attend. »

« Alors, as-tu enfin appris à jouer aux échecs ? »
Oh ! L'accueil rêvé !

« Mon cher, dès lors que tu n'avais pas réussi durant la guerre d'Algérie à faire de moi un partenaire convenable, c'est que la cause était désespérée...

— Dis-moi vite ce qui t'amène. Car pour te recevoir sur-le-champ, j'ai quelque peu malmené l'emploi du temps de ma matinée.

— J'en suis très touché... C'est une histoire étrange qui se déroule à Versailles et qui a pour principal acteur le censeur du vieux lycée. Tu n'as pas de fils en âge de scolarité ?

— Non.

— Tant mieux. Car il serait entré sous la coupe d'un singulier personnage. Celui-ci, qui habite l'établissement, comme le veut le règlement, a constaté hier la disparition de sa... pendule ! Il a porté plainte au commissariat et obtenu le déclenchement de recherches accélérées. Jusqu'à présent, rien à dire. Où l'aventure se corse, c'est qu'à huit heures hier soir ledit censeur était installé comme chez lui dans les locaux de la police où, en l'absence du commissaire, il dirigeait l'enquête ! On avait retenu là deux garçons de moins de seize ans, dont l'un appartient à une famille que je connais très bien. Du train où allaient les choses, il y serait encore, sans l'intervention vigoureuse, sur mon conseil, de sa mère, amie de ma femme. Elle a réussi à dégager également l'autre gosse, contre lequel la conjugaison des autorités scolaires et policières venait de prendre

60

une mesure d'internement préventif ! Ce n'est pas sans mal qu'elle a triomphé du digne universitaire qui, Frégoli d'occasion, se substituait spontanément au commissaire, se voulait en même temps le représentant légal des parents de l'élève, sans pour autant perdre sa qualité de plaignant ! La scène, j'imagine, ne devait pas être ordinaire.

— Cela se passait au commissariat central ?

— Je le pense.

— Sans nul doute, le responsable est un homme fort habile, mais peu assidu à son poste. Tu as bien fait, Pannel, de venir me raconter cela. C'est moi qui te remercie. La mobilisation de l'appareil policier dans les conditions que tu décris m'incite à demander des explications. — Veuillez, je vous prie, appeler au téléphone le commissaire Jèze... — Que souhaites-tu dans cette affaire ?

— D'abord, des recherches sérieuses en vue de remettre la main sur l'objet disparu. C'était hier le dernier jour de classe. Il apparaît infiniment probable que l'on se trouve en présence d'une blague de potaches plutôt que d'un vol réel ! Je ne serais pas étonné qu'on retrouve la fameuse pendule sur la cheminée du salon du proviseur ou dans la glacière de la cantine, voire suspendue aux barres parallèles dans la salle de gymnastique.

— C'est effectivement vraisemblable. Allô, monsieur le commissaire. Voudriez-vous avoir l'amabilité de m'apporter immédiatement vous-même la procédure de cette affaire de vol au lycée dans laquelle des mineurs ont été mis en cause hier ?... Oui, je vous attends.

— A supposer qu'il y ait vraiment matière à une action judiciaire, le juge des enfants la mènerait certainement avec le tact et la délicatesse nécessaires.

— Je n'en doute pas. Il sera saisi tout à l'heure.

— Je voudrais attirer son attention sur le cas du jeune Flavier. Son père, officier de marine, est à ce titre extrêmement sensible à toute éclaboussure d'une affaire pénale. Il serait navrant que les vacances qu'il a projetées de prendre en compagnie de son fils unique — la mère est morte — soient gâchées pour une gaminerie à laquelle le garçon n'a peut-être même pas participé.

— Mon cher, dans le domaine des précautions à prendre pour éviter les perturbations parfois graves que peut provoquer la machine judiciaire chez de simples suspects, tu me trouveras toujours plein de compréhension. Ce sont les récidivistes que je n'aime pas. En l'espèce, il convient de redoubler de prudence, s'agissant d'enfants. On a vu des adolescents se suicider pour une simple réprimande. C'est pourquoi ton censeur, qui va exercer ses fonctions dans un commissariat de police, m'est franchement antipathique.

— Bravo !

— Le juge des enfants s'appelle Masure. Je le verrai personnellement et je lui annoncerai ta visite.

— Malheureusement, je plaide à Paris cet après-midi et demain.

— A quel moment, demain ?

— Je peux me faire représenter à l'appel. Il suffirait que j'arrive au Palais entre quatorze heures trente et quinze heures.

— Eh bien, sois ici demain en fin de matinée. Masure, qui habite la ville, acceptera sûrement, sur ma demande, de t'ouvrir son cabinet à ce moment indu pour un juge d'instruction. Il n'est pas impossible que je vous mette en présence dans ce bureau même ! Après quoi, tu viendras partager le modeste repas d'un ménage de fonctionnaires. Mes propres occupations t'apportent la garantie d'être libéré à temps pour ton audience.

— J'accepte avec joie.

— Alors, à demain.

— Je suis vraiment touché de ton accueil.

— A la bonne heure ! Je ne suis pas certain d'entendre tout à l'heure le commissaire exprimer la même satisfaction. Au revoir, Pannel. »

Effectivement, Jèze, une demi-heure après, se faisait savonner la tête. Mais il s'entendait à merveille à calmer les orages.

« Monsieur le procureur, vos reproches me touchent durement, car je suis responsable de mes subordonnés, qui n'ont pas respecté mes instructions. Celles-ci, permettez-moi de vous le dire respectueusement, allaient exactement dans votre ligne. Obligé de m'absenter pour me rendre place Beauvau — vous savez que je viens des services du ministère où je suis appelé

à retourner —, j'ai multiplié les recommandations de prudence et de ménagements en faveur
des jeunes gens. J'avais certes autorisé M. Werck,
eu égard à sa qualité, à occuper un fauteuil de
mon bureau, uniquement pour qu'il fût mieux
assis ! Je reste confondu de l'indiscrétion dont
il a fait preuve en abusant de cette hospitalité.
J'irai tout à l'heure lui dire mon indignation,
avant même d'aller faire part de votre courroux
aux inspecteurs de police. Pour la suite de cette
regrettable affaire, je suis entièrement à vos
ordres, à l'exécution desquels je veillerai personnellement.

— D'abord, il convient que le dossier soit
transmis au juge des enfants.

— Cela s'impose. Nous avons accepté hier
d'opérer dans le cadre du flagrant délit, mais à
titre tout à fait provisoire. J'ai ici toutes les
pièces.

— Bien. Asseyez-vous... Avez-vous une opinion ?

— Non, monsieur le procureur. Je suis seulement un peu sceptique sur la valeur considérable que le plaignant attribue à l'objet volé.

— Car c'est le cas ?

— Oui, M. Werck prétend même avoir légué
sa pendule au Louvre, et se déclare certain de
ce qu'elle aurait été acceptée.

— Bah !

— En fait, ce monsieur, que je ne connaissais
pas auparavant, quoique mon fils relève de son
autorité, m'avait donné l'impression, surprenante pour son état, d'un homme passionné.

Par une discrétion dont il m'a fort mal récompensé, je n'avais pas cherché à comprendre les causes d'un émoi apparemment excessif. Mais il suffisait, par exemple, que l'objet dérobé ait constitué la cachette d'un petit magot pour justifier le désarroi de son propriétaire. Qu'il n'ait pas voulu se confesser par sotte pudeur, c'est une chose déjà vue, surtout dans le milieu auquel il appartient. Dans cette conjecture, le simple mauvais tour joué par des écoliers...

— J'aime vous l'entendre dire !

— Je suis honoré, monsieur le procureur, que nos suppositions concordent. Ce mauvais tour, donc, prenait, sans que ses auteurs l'aient voulu, un tour dramatique pour la victime. En présence d'une angoisse évidente, je n'ai pas, étant donné la personnalité en cause, cherché à l'expliquer, mais à y mettre fin, convaincu que nous allions sur les lieux mêmes remettre la main sur l'objet disparu. La suite des événements a échappé à mon contrôle. Je le déplore vivement.

— Ne revenons pas là-dessus, mon cher commissaire. Vous êtes personnellement absous. Mais vous allez m'aider.

— Avec joie, monsieur le procureur.

— Un de mes camarades de l'Aurès s'intéresse aux jeunes garçons inquiétés dans cette affaire. En outre, ma phobie des erreurs judiciaires se trouve décuplée lorsqu'il s'agit d'enfants. Jusqu'à plus ample informé, je veux considérer que votre première hypothèse est la bonne et que si les recherches n'ont pas abouti, c'est qu'elles étaient insuffisantes.

— C'est très possible. Mes recommandations de prudence tenaient compte de ce que nous ne disposions pas d'un mandat de perquisition. Les officiers de police ne pouvaient franchir que les portes qu'on leur ouvrait spontanément. En outre, l'établissement est grand et de construction ancienne, donc riche de recoins.

— Je vais vous faire établir immédiatement ce mandat de perquisition. Quand pourrez-vous l'exécuter, avec les effectifs suffisants ?

— Dès aujourd'hui, monsieur le procureur, si cela peut vous être agréable. Le responsable du Service de Sécurité est de mes bons amis. Il ne refusera pas de me prêter du monde. Je pense que nous serons sept ou huit sur place dès cet après-midi. Car j'irai les mettre en route moi-même.

— Alors, c'est très bien. Recommandez à vos gens de fouiller les endroits les plus insolites, voire saugrenus. Ce sont ceux que les farceurs affectionnent.

— Les recherches seront systématiques, des caves aux greniers. Sur toute la superficie de l'établissement, nous ne laisserons pas un mètre carré inexploré.

— Parfait. Ne manquez pas de me tenir au courant.

— Mes respects, monsieur le procureur. »
Et Jèze se retira avec la souplesse d'un chat.

Chapitre 5

« Entrez, maître, M. le procureur vous attend. »

Costume gris, cravate bordeaux, maître Pannel avait nuancé sa tenue ; un peu de recherche par égard pour la femme de son hôte, ni ostentation ni luxe, afin de ne pas heurter le magistrat. Un bouquet de roses était resté dissimulé dans la voiture entre les deux banquettes.

« Te voilà. Tu mangeras du sauté de veau aux primeurs. Germaine est ravie de faire ta connaissance et ultérieurement celle de ton épouse. Après vingt années d'exil, nous n'avons plus tellement de relations dans la capitale... Assieds-toi. Tu peux t'installer confortablement. Le juge Masure va nous rejoindre ici.

— Il a déjà l'affaire en main ?

— Déjà ! »

Dans un visage poupin, ses yeux bleus étincelaient de malice et de gaieté.

« Parce que, n'est-ce pas, la réputation de lenteur de la Justice est telle qu'on ne peut même pas imaginer qu'elle soit susceptible, une fois par hasard, de se montrer dégourdie.

— Je n'ai rien dit de semblable. Je suis émerveillé.

— Garde ce mot. Tu en auras besoin tout à l'heure.

— Des nouvelles ?

— Peut-être... Faites-le entrer. — Bonjour, mon cher juge. Je vous présente le sous-lieutenant Pannel, enfin non... il a quelque peu vieilli, alors disons maître Pannel, avocat à la Cour. — Mademoiselle, j'attends aussi le commissaire Jèze. Il est là ?... Alors, introduisez-le.

— Mes respects, monsieur le procureur — monsieur le juge...

— Bonjour, mon cher commissaire. — Mon ami, maître Pannel, avocat à la Cour de Paris. Prenez place. »

Était-ce seulement parce que le soleil de juin pénétrait à flots dans la pièce ? Le visiteur trouvait à Versailles une atmosphère détendue et souriante.

« Cette petite réunion n'est pas tout à fait dans les usages. Mais ces messieurs savent que tu es un ami de guerre que j'emmène déjeuner chez moi. Alors, tu parlais des rouages fatigués de la machine judiciaire ?

— Jamais de la vie !

— Pas aujourd'hui peut-être, mais naguère sûrement. Oserais-tu affirmer que tu n'as pas, récemment, comme n'importe lequel de tes pareils, lancé au cours d'un dîner mondain une impitoyable diatribe contre les lenteurs et le manque d'efficacité de l'administration de la Justice ?

— Certes pas. Je déplore seulement, comme tout le monde, la pauvreté des moyens matériels dont vous disposez, faute de crédits.

— Oh, le bon apôtre ! Dis-moi, Pannel, quand es-tu venu me trouver pour cette affaire de pendule ?

— Hier.

— Apprends donc, mon cher, que le précieux objet a été retrouvé le soir même.

— Bravo ! Je brûle de connaître les circonstances.

— Je les ignore moi-même. Mais le commissaire Jèze, à qui je passe la parole, va nous communiquer ses informations.

— Selon vos ordres, monsieur le procureur, nous avons commencé dès quatorze heures trente à visiter minutieusement le vieux lycée. Grâce au mandat de perquisition, il nous a été possible de pénétrer partout, y compris, comme vous l'aviez recommandé, dans les endroits d'où le plus simple raisonnement nous aurait écartés. Ainsi, sans vos instructions explicites, je ne vois pas comment nous serait venue l'idée de nous attarder à explorer la propre cave de M. Werck, surtout lorsque l'on songe que l'unique accès en est un escalier qui aboutit dans la cuisine même de l'habitation.

— En somme, la pendule n'était plus dans le salon mais à la cave ! J'avais bien dit que nous étions en présence d'une blague de potaches désireux de célébrer, à leur manière, la fin des contraintes imposées par la discipline

durant trois trimestres. Qu'en pensez-vous,
monsieur le juge ?

— Je ne sais pas.

— Monsieur le procureur, j'ai parlé de la
cave de M. Werck. Pour être plus précis, son
appartement se trouve doté de trois grandes
caves voûtées, presque entièrement inutilisées
si ce n'est la première, la seule éclairée, qui ne
contient que des bouteilles. Or, c'est dans la
troisième, derrière une double enceinte de
vieilles caisses d'abord, puis un empilement de
bûches, qu'était la cachette. Pour dépeindre la
vétusté, la moisissure générale et l'état d'abandon des lieux, je précise qu'il s'agit de la réserve
de bois d'un des prédécesseurs du censeur
actuel, avant l'installation du chauffage central
collectif dans l'établissement, voici quarante et
un ans ! A la vérité, nous avons été servis par
la chance. L'officier de police adjoint, Maille-
bau, au moment où il balayait de sa torche
électrique ce local désolé, a entendu un léger
tic-tac. Dans l'hypothèse d'une intervention différée de quelques heures ou quelques jours, le
mécanisme une fois arrêté, nos chances de
succès eussent été des plus faibles. Il fallait
déjà, comme je le disais tout à l'heure, une
obéissance aveugle à vos ordres, monsieur le
procureur, pour que cet endroit soit exploré.
D'abord, nous avions à y descendre. Or, l'unique
porte était fermée à clef. En l'absence du
censeur, nous avons demandé le passage à
Mme Werck. Celle-ci n'a pas refusé formelle-
ment, certes. Mais elle n'a pas non plus dissi-

mulé sa conviction que nous allions perdre ridiculement notre temps. Il se trouve en effet que, pour des raisons sur lesquelles elle ne s'est pas étendue, elle ne se dessaisit ni de jour ni de nuit d'un important trousseau de clefs, dont celle de la porte d'escalier de la cave, qui se présentait à nous verrouillée à double tour et sans aucune apparence d'avoir été forcée.

— Il n'existe pas de doubles clefs ?

— Si, une collection complète. Nous l'avons vue, admirablement rangée avec des étiquettes, sur un tableau à l'intérieur de l'armoire-penderie dans laquelle sont suspendus les vêtements du ménage. Ce meuble est lui-même soigneusement verrouillé, chacun des conjoints possédant sa clef.

— C'est amusant !

— Une véritable énigme policière.

— Pardon. Une énigme pour les autorités du lycée. La Justice a d'autres chats à fouetter. Il est maintenant établi qu'il ne s'agissait pas, je l'ai d'ailleurs pensé dès le premier instant, d'un vol, mais d'une plaisanterie. Mauvaise ou bonne, cela ne nous regarde pas. S'il fallait conférer le caractère pénal aux mystifications des potaches, nous finirions par envoyer la gendarmerie à la recherche des boules puantes ! Monsieur Masure, je suppose que vous êtes déterminé à entendre au plus tôt les enfants inquiétés dans cette ridicule affaire, de sorte que nous puissions classer le dossier sans trop attendre.

— Certainement, monsieur le procureur. Je

dispose de l'après-midi entier de samedi, après-demain.

— Vous pourriez commencer par le propriétaire du bien retrouvé, qui ne va pas manquer de retirer sa plainte.

— Je le verrai d'autant plus volontiers que je désire qu'il m'éclaire sur un point. J'ai parcouru hier soir la procédure du commissariat de police. Elle ne contient pas les précisions habituelles sur l'existence ou la non-existence d'une police d'assurance.

— C'est encore une faute de Filippi. Je vous présente ses excuses !

— Peu importe, monsieur le commissaire. Nous le saurons bien.

— Ce détail était jusqu'à présent mineur.

— Qu'entendez-vous par là, monsieur Masure ?

— Ma foi, monsieur le procureur, quand on apprend qu'avait été dissimulée avec tant de soins, chez le plaignant lui-même, la chose volée, on se sent chatouillé par une certaine curiosité.

— Surprenant ! Que dis-je ? Sensationnel ! Vous imaginez une escroquerie à l'assurance commise par le censeur du lycée de Versailles ! Décidément, la vie est ici infiniment plus divertissante qu'à Colmar. Le plus extraordinaire, c'est que l'on vous a, selon ce qui m'a été dit, désigné comme juge des enfants, parce que le moins répressif.

— Je ne cherche pas à sévir, monsieur le procureur, mais à comprendre. »

Mince, jeune, le visage régulier, d'une beauté réelle, l'air doux, modeste et attentif, il n'offrait guère l'aspect d'un magistrat, plutôt celui d'un médecin de laboratoire, d'un archéologue.

« Vous m'accorderez qu'avec trois hypothèses nous cernons réellement toutes les possibilités. Ou bien le plaignant a été victime d'une plaisanterie d'écoliers. C'est ce que nous avons tous cru de prime abord. Encore que, pour ma part, j'aie été quelque peu réticent quand vous m'en avez parlé hier, en raison du choix du moment. Faire une blague au censeur en guise d'adieu, cela paraît naturel. Oui, s'il s'agit d'un geste rapide, improvisé, facile. Non, pour une opération aussi délicate que l'enlèvement d'une pendule de vingt kilos.

— Quatorze, monsieur le juge. Nous le savons exactement maintenant.

— Même quatorze kilos, c'est déjà beaucoup. Il fallait se donner de la peine et accepter le risque de pénétrer dans l'appartement. Or, quel bénéfice les auteurs de ce canular pouvaient-ils en attendre, au moment même où ils se dispersaient ? Comment jouir du tourment de la victime si l'on n'est plus là pour épier la désolation sur son visage et la commenter en conciliabules ? A vrai dire, ce qui plaidait dans notre esprit en faveur de cette supposition, c'est l'invraisemblance de l'autre, le vol véritable inspiré par le désir de s'emparer du bien d'autrui. A notre époque, ce genre d'objet n'a plus de valeur marchande.

— Le plaignant affirme qu'il s'agit d'une pièce de musée.

— Alors authentifiée par des experts et connue du petit nombre d'acheteurs possibles, donc d'un écoulement très aléatoire.

— A l'étranger, peut-être.

— De toute manière, monsieur le procureur, cette conjecture devient de plus en plus improbable, maintenant que nous savons que la machine prétendue précieuse gisait dans le sous-sol. Le vol fractionné en plusieurs temps, cela existe, certes, mais dans des magasins, des entrepôts, des usines, là où leurs auteurs disposent de facilités de circulation permanentes. Des malfaiteurs susceptibles de pouvoir, à la faveur de travaux d'entretien par exemple, pénétrer durant l'été dans la cave de l'appartement du censeur, pour enlever leur butin, disposeraient *a fortiori* de l'accès dans le salon. Or, je ne pense pas que M. Werck emporte en voyage sa pendule de quatorze kilos.

— Peut-être est-il accoutumé à la mettre dans un garde-meuble ou une banque durant ses absences.

— Voici effectivement une question à lui poser. Je le ferai. Une réponse affirmative serait certes de nature à m'influencer. En somme, cette hypothèse d'un vol réel pourrait être examinée s'il est confirmé, d'abord, que l'objet est véritablement de valeur, ensuite, que son propriétaire le place habituellement lors de ses déplacements dans un lieu sûr, enfin, qu'il a été possible à des étrangers de pénétrer dans

74

la cave dont l'unique accès est une porte fermée à clef, sur laquelle on n'a pas trouvé de traces d'effraction. Tant que ces conditions ne sont pas remplies, nous pouvons laisser vagabonder notre esprit à la recherche d'autres explications. Celle d'une facétie, excusez-moi, monsieur le procureur, de m'écarter de votre opinion, je n'y crois pas... Je vous disais tout à l'heure mes raisons sur le plan psychologique, une disproportion entre l'effort et le plaisir escompté. J'en ai d'autres. D'abord, bien entendu, cette porte fermée à clef. J'imagine mal nos potaches allant relever des empreintes à la cire dans la cuisine même de l'appartement de leur censeur, pour confectionner ou faire confectionner une fausse clef. Je ne les vois pas non plus travailler dans la cave à empiler des bûches, l'unique sortie étant susceptible d'être à tout moment condamnée. Il suffisait pour cela que l'une des trois personnes habitant le logis aille s'installer dans la cuisine, la pièce la plus utilisée, surtout dans les heures qui précèdent le repas de midi. Enfin, ils seraient, d'après la description qui vient de nous être faite, sortis de là couverts de poussière, de moisissure et de toiles d'araignée. Cela se serait remarqué. »

Le commissaire prit la parole.

« Permettez-moi d'intervenir, monsieur le juge. C'est pour apporter quelques précisions qui vont admirablement dans votre sens. Le camouflage de la pendule n'a pas été fait à la hâte, mais tranquillement. Son ou ses auteurs se sont éclairés à la bougie et, d'après les traces de cire, en ont consommé plusieurs. La cachette elle-même était construite avec soin et même avec art. En effet, la partie supérieure a été réalisée en forme de plancher afin d'éviter toute charge sur l'espèce de jaquemart qui couronne la machine. Tout cela semble avoir été préparé de sorte que l'ultime manœuvre consistât simplement à glisser la pendule par le côté gauche sur des rouleaux constitués, en l'occurrence, par des tronçons de manche à balai.

— Voilà effectivement, monsieur le procureur, des éléments qui confirmeraient, si besoin était, mon scepticisme quant à une action des lycéens. Je pense qu'il n'est pas fou, ni même seulement déraisonnable, dès lors que la plainte demeure muette sur ce point, de demander à l'intéressé s'il avait contracté une assurance, quand et pour quelle somme.

— *Is fecit cui prodest*. Ouais... Mais si nous allons par là, remarquez qu'un bonhomme capable de simuler un vol ne s'embarrasserait pas de scrupules, son entreprise ayant échoué, pour raconter qu'il n'était pas assuré.

— Cela est parfaitement juste. Vous savez, sans doute, qu'il existe ici un courtier, Malvialle, par qui passent presque toutes les polices des professions libérales, de l'Université et du Clergé. Je puis l'interroger, officieusement.

— Eh bien, ne vous gênez pas, utilisez mon téléphone.

— Immédiatement ?

— Ma foi, vous avez réussi à piquer ma

curiosité. Mais c'est sans doute la présence de mon camarade Pannel qui vous embarrasse. Et vous avez cent fois raison ! Te rends-tu compte, toi, que tu ne devrais pas être là !

— Excusez-moi !...

— Tant qu'il s'agissait de mettre un point final aux ennuis de tes gamins, cette petite conférence était justifiable. Depuis que l'esprit terriblement logique de M. Masure nous conduit vers des suppositions infamantes à l'endroit d'un des citoyens les plus respectables de cette ville, tu aurais dû te boucher les oreilles.

— Sois tranquille, mon cher ami, je suis habitué au secret professionnel. D'ailleurs, je n'ai pas osé fumer dans ton cabinet et je meurs d'envie d'aller griller une cigarette dans l'anti-chambre.

— Merci ! Je vais te prendre au passage dans quelques minutes.

— "Allô... Je voudrais parler à M. Malvialle... M. Masure... Très bien... Monsieur Malvialle, pouvez-vous me donner un renseignement professionnel à titre presque privé... Oui, il s'agit d'une chose de si peu d'importance que je répugne à lancer une commission rogatoire... Connaissez-vous M. Werck ? Oui, le censeur... Êtes-vous son assureur ?... Ah ! très bien... Le seul ?... Pour quel montant ?... Non, ce n'est pas la peine de vérifier... Rien pour son domicile ?... Parfait. Je vous remercie. Nous avons évité du travail inutile. A très bientôt." Eh bien non, monsieur le procureur. Malvialle est formel. Comme je le supposais, il connaît M. Werck depuis longtemps. Il lui a fait régulièrement au long des années ses offres de services. Celles-ci n'ont abouti qu'à une police d'assurance sur la vie pour une somme des plus modestes après la mort subite, dans les locaux mêmes du lycée, d'un professeur de sciences naturelles. Rien d'autre. Les Werck ne possèdent ni voiture ni bijoux. Ils estiment n'avoir rien à redouter pour leur mobilier, en raison du dispositif contre l'incendie dont l'établissement est pourvu.

— Alors ?

— Le mystère demeure. La troisième hypothèse ne semble pas meilleure que les précédentes. A moins, toutefois, qu'une police d'assurance n'ait été souscrite directement à Paris. Mais là, il est difficile de se renseigner par des voies officieuses et cela serait bien délicat dans l'état actuel des choses d'ouvrir une enquête officielle.

— Nullement ! Vous savez, messieurs, que j'ai fait la plus grande partie de ma carrière place Beauvau. J'ai la chance de n'y compter pratiquement que des amis. Je suis certainement en mesure d'obtenir, par simple complaisance, des investigations discrètes aussi bien auprès des principales compagnies que des quelques marchands et experts spécialisés dans cette catégorie d'objets d'art. Si objet d'art il y a !

— Oui, si objet d'art il y a ! Cette réserve me paraît tout à fait appropriée. Voyez-vous, monsieur Masure, vous avez formulé trois hypothèses. Il doit y en avoir bien d'autres auxquelles nous ne songeons pas. D'après le rapport verbal du commissaire, tout nous porte à croire que l'objet prétendument volé a, en fait, été soigneusement dissimulé par le plaignant lui-même, seul maître, avec son épouse, de l'accès à la cave. Alors, nous cherchons à ce geste saugrenu une cause logique. Il n'y en a peut-être pas. Cet acte insolite, qui nous prouve qu'il n'a pas été commis par quelqu'un qui n'a plus son bon sens ? Il y a en France cent fois plus de fous que d'escrocs à l'assurance. Votre censeur est peut-être en train de commencer une démence sénile quelque peu précoce. Amoureux par dérèglement d'esprit d'une pendule des plus banales, il l'aurait offerte aux musées sans résultat. Lassé, il simule un vol pour attirer l'attention, afin qu'on parle coûte que coûte de sa prétendue merveille. Cette conjecture vaut bien en vraisemblance celle de la défaillance brusque et totale, sur le plan de l'honnêteté, d'un censeur de lycée, profession qui doit fournir peu de gibier de correctionnelle, alors que ses membres sont sujets comme tous les humains aux maladies corporelles et mentales. A votre place, samedi, je commencerais par le faire bavarder de choses et d'autres pour me bâtir une opinion sur l'état de sa raison.

— Désirez-vous quand même, monsieur le procureur, ces recherches auprès des compagnies d'assurances ?

— Sous la forme que vous avez proposée, nous n'avons rien à perdre. Je vous en remercie même vivement. Croyez-vous pouvoir en communiquer les résultats à M. Masure après-demain ?

— C'est très probable, je vais m'y employer.

— Sur ce, messieurs, je vous quitte pour retrouver mon brave Pannel, avec lequel je vais évoquer quelques souvenirs du temps où, le croiriez-vous, je pesais soixante-cinq kilos ! »

Chapitre 6

Comme ses collègues, le juge travaillait le matin dans son appartement. Cela l'obligeait à emporter avec lui des dossiers, parfois très lourds, dont le poids gâchait le plaisir qu'il trouvait, lorsqu'il en avait le temps, à se rendre au palais de justice à pied. Les autres jours, il y allait à cyclomoteur. Car l'usage de l'autobus sur son itinéraire était incommode et l'achat d'une voiture avait toujours été différé. En fait, le ménage Masure, qui totalisait une dizaine de certificats de licences, du droit jusqu'à la bcta-nique, peut-être à cause de cela, tirait le diable par la queue.

La camarade de faculté qu'il avait épousée une quinzaine d'années auparavant avait, certes, sacrifié sans hésiter toute occupation en harmonie avec ses goûts pour ceindre un tablier de ménagère. Seulement, ses aptitudes dans l'art de gérer économiquement le bugdet familial n'étaient pas à la hauteur de son renoncement. Les haricots demeuraient définitivement à ses yeux des papilionacées qu'elle ne saurait jamais acheter à la bonne saison, encore moins marchander. Ils avaient aussi joué de malchance en ne trouvant que dans une maison neuve de loyer élevé les pièces nécessaires à une famille où trois filles précédaient le garçon longtemps attendu. L'aînée était sans doute en âge de rendre quelques services à la maison. Mais le facteur hérédité jouait. La jeune fille n'était bonne qu'à devancer de deux années ses compagnes d'études.

C'est pourquoi, ce jour-là, comme souvent, le juge, avant de se rendre au palais de justice, repassait un col de chemise et une cravate, en s'appliquant sans grand succès à empêcher la cendre de sa cigarette de tomber sur le linge. On avait déjeuné de bonne heure. Il disposait de tout le temps nécessaire pour sa promenade, les bras libres, puisque le dossier de l'affaire du lycée, à laquelle son après-midi était consacré, restait par trop embryonnaire pour justifier du travail à la maison. D'ailleurs, le procureur, la veille au soir, l'avait demandé pour y jeter lui-même un coup d'œil, cela lorsque étaient parvenues, de la Sûreté nationale de Paris, par le commissaire, de surprenantes nouvelles. L'adroit Jèze avait en effet obtenu qu'un officier de police adjoint visite tour à tour les principales compagnies d'assurances et les experts. Ces recherches n'avaient pas tardé à aboutir. La pendule était réellement un objet d'art ancien, assuré pour la somme considérable d'un million de francs ! Cette découverte constituait un succès personnel pour Masure, seul à avoir envisagé l'hypothèse qui recevait pareille confirmation. Aussi éprouvait-il, bien légitimement, une vive curiosité des explications qu'allait fournir le censeur. Et quand sa femme, au moment où il l'embrassait sur le front, lui reprocha : « Tu travailles maintenant presque tous les samedis... », il répondit :

« Je reconnais qu'aujourd'hui, malgré le beau temps, cela ne me coûte guère, tant je n'aurais pas aimé devoir attendre jusqu'à lundi pour poser certaines questions. »

Dans la rue, c'était vraiment l'été. Le quartier de Glatigny ne contient encore que peu d'immeubles locatifs. Les parfums divers des jardins privés enrichissaient au passage l'odeur de la forêt qu'une brise de nord-est apportait des bois des Maréchaux et de Fausses-Reposes. En chemin, le juge se livra au jeu des suppositions sur les explications que Werck allait fournir. Si toutefois celui-ci se présentait... Est-ce que, par hasard, averti de la découverte du contrat d'assurance pour l'objet prétendument volé, il n'aurait pas pris la fuite ? Allons donc, un censeur de lycée de plus de cinquante ans ! Quelle étrange affaire ! Car les chemins qui pouvaient conduire un homme honorable, assuré, par le simple exercice de sa profession, de sa vie matérielle, semblaient mystérieux. Une attention soutenue serait nécessaire. Si les charges apparaissaient accablantes, du fait que la pendule avait été retrouvée habilement dissimulée dans un lieu où elle ne pouvait guère avoir été placée que par le plaignant lui-même, seul bénéficiaire de la somme considérable prévue dans un contrat d'assurance quasi clandestin, une partie des mobiles restait obscure. L'objet valait-il réellement un million ? Dans ce cas, pourquoi le censeur ne l'avait-il pas tout bonnement vendu ? C'est donc que cette vente était irréalisable. Mais pour quelles raisons ? Une expertise truquée, un vice caché, tous éléments susceptibles d'être décelés par les acheteurs ? Voilà qui impliquait presque obligatoirement une complicité. Il faudrait d'abord établir comment l'universitaire était réellement entré en possession de cette œuvre d'art. N'était-ce pas grâce à des malversations antérieures demeurées impunies ?

La partie très agréable du parcours était terminée depuis l'avenue du Général-Mangin. La rue du Maréchal-Foch est coupée de voies transversales rapprochées. Deux taches claires se mouvaient au loin. Elles ne tardèrent pas à se transformer en silhouettes dignes d'absorber le regard du juge. Il était sage au point de ne jamais tromper sa compagne. Il ne cherchait pas non plus les occasions de contempler les jolies filles. Mais, toutes les fois qu'entrait dans son champ visuel une femme désirable, ou susceptible de l'être, ses yeux devenaient les esclaves d'une caméra interne qui se mettait à tourner à une vitesse folle pour tout enregistrer dans le minimum de temps. Les deux robes, l'une brune, l'autre citron, avaient beau se déplacer avec irrégularité, Masure, lui, avançait d'un bon pas. Il se trouva donc vite face à deux belles jeunes filles blondes, minces, les bras, la plus grande partie des épaules et les jambes nus, avec, pour couvrir le reste du corps, quelques dizaines de grammes de tissu. Soudain, la robe citron barra sa route :

« Nous ne voyons pas le château. »

C'était presque un reproche.

« Je suppose que vous venez de la gare ?

— Oui.

— Vous auriez dû, en sortant, prendre à gauche et non à droite. C'est par ici. »

Il montrait la direction du boulevard de la Reine, la sienne. Les deux filles firent demi-tour et lui emboîtèrent le pas.

« Vous êtes français ?

— Bien sûr. Et vous allemandes.

— Vous avez deviné. »

Elle se mit à rire et dit à son amie dans leur langue :

« Mon accent n'est pas au point. Ce n'était pas la peine de tant travailler avec les disques. »

Puis revenant à lui :

« Ma camarade, elle, ne parle pas français. »

Celle-ci semblait d'ailleurs ne pas vouloir parler du tout. Bien à l'aise sur ses chaussures sans talon, elle avançait à grandes enjambées lentes. Ses yeux gris reflétaient la plus parfaite indifférence, refusant apparemment de voir Versailles. Peut-être jouait-elle en pensée, avant même d'atteindre Trianon, le rôle de l'Autrichienne que les Français avaient décapitée. Mais elle était bien plus belle que la reine n'avait été. Le juge l'observait à la dérobée, sans dire qu'il connaissait, lui, l'allemand à la perfection, révélation susceptible d'animer la conversation et d'accroître la gêne qu'il éprouvait à s'afficher en plein jour, au milieu de la ville, dans une compagnie que n'importe qui jugerait galante.

Au croisement de l'avenue de Saint-Cloud, Masure s'arrêta pour désigner à droite la direction de la place d'Armes, à la fois soulagé d'être délivré d'un équipage aussi compromettant et chagriné de le perdre. C'est alors que, malgré le ciel bleu et serein, il eut l'impression que la foudre s'abattait entre les pointes de ses chaussures. La fille au chignon mettait fin à son mutisme pour dire à sa compagne :

« *Du, schau mal, das Gesicht dieses Franzosen ist so nett und ich glaube beinahe ich könnte mich in ihn vergaffen. Was stellst du bloss an, ihn mit uns mitzunehmen.* (Ce Français a une figure qui me plaît. Je crois bien que je vais en avoir le béguin. Arrange-toi pour l'emmener avec nous.) »

Puis, ses lèvres reprirent leur moue délicate. La physionomie du juge révéla soudain clairement un tel bouleversement que la fille l'interpréta aussitôt en disant :

« Je crois que vous comprenez l'allemand, n'est-ce pas ? »

Puis elle se réfugia dans un rire gêné.

« *Gewiss, ich bin so weit gekommen Lessing ganz gut deutsch gelesen zu haben. Auch habe ich als Soldat in der Pfalz gedient.* (Je suis arrivé à lire Lessing dans le texte. J'ai aussi fait mon service militaire dans le Palatinat.) »

La belle fille n'avait même pas souri. Elle s'approcha du magistrat pour chasser de l'ongle un brin de fil resté collé sur le revers du veston sombre qu'il portait malgré la saison. Puis, le regardant bien en face de ses yeux gris inexpressifs, elle prononça d'une voix que l'accent rhénan rendait mélodieuse :

« *Offizier ?*

— *Offizier !*

— *Es ist mir ganz gleich ob Sie verstanden haben was ich sagte. Im Gegenteil. Ich liebe alles was klar ist.* (Cela m'est tout à fait égal que vous ayez compris ce que j'ai dit. Au contraire. J'aime ce qui est clair.) »

Pas plus que n'importe quel autre citoyen de Versailles cheminant de son domicile vers son lieu de travail, le juge ne se trouvait préparé et armé contre une agression aussi imprévisible. Il éprouva l'impression d'être sans force et incapable de se défendre, tel un nageur en eau calme qui, brusquement, voit et entend déferler sur lui une vague de quinze mètres. Ébahi, il passa la main sur son front en sueur, et, au cours de ce mouvement, ferma les yeux. Aussitôt, le raz de marée s'évanouit pour faire place à l'écriteau qui figurait sur la porte de son lieu de travail, au deuxième étage du palais de justice : « Juge des Enfants — Cabinet n° 35. » Et, comme des crissements de pneus lui indiquaient l'arrêt des voitures et l'ouverture du passage pour les piétons, il se retourna d'une pièce et se lança sur la chaussée, l'esprit en feu, pensant que pas un homme sur mille ne connaissait une fois dans son existence une chance pareille à celle qu'il venait follement de repousser.

Peu après, passant devant un miroir placé sur la devanture d'une boutique, il découvrit qu'il était, lui, magistrat, rouge de confusion !

Plus tard, le spectre habituel d'un fourgon cellulaire qui reculait sur le trottoir pour se placer aussi près que possible de la porte de la prison, voisine de celle du palais de justice, le salut du concierge, celui d'un avocat dans la galerie presque déserte parce qu'on était samedi, le cadre familier composé de l'escalier puis de l'antichambre du procureur, de son bureau enfin, tout le décor de sa vie quotidienne lui permit de recouvrer le calme indispensable à l'exercice de ses fonctions.

Durant une longue partie de l'histoire de l'aviation, l'équipage d'un appareil se composait exclusivement du pilote et du navigateur. Les deux hommes, accoutumés à travailler et vivre ensemble, se comprenaient à demi-mot, souvent par un simple geste. Tels sont le juge et son greffier dans un cabinet d'instruction. Viennent là toutes les catégories sociales : d'abord la gamme étendue des délinquants, du simple voyou au financier malheureux, puis les avocats et la gent variée à l'infini des témoins. Mais quatre à sept heures par jour, tantôt seuls, tantôt en présence de tiers, les deux hommes restent attelés en tandem, souvent des années durant. On choisit rarement ses collaborateurs dans la fonction publique. Le greffier est attaché au cabinet et la cohabitation imposée. Par chance, Jarillot, s'il se singularisait en arrivant, hiver comme été, le cou sans cravate dans des chemises de sport, travaillait vite, avec beaucoup d'ordre. Sept à huit minutes après avoir dominé une bien grande tentation, le juge installé dans son fauteuil d'acajou recevait l'un après l'autre, présentés au bout d'un bras entraîné à relier les deux bureaux, des documents habituels, ordonnances de soit-communiqué ou de renvoi et permis de visite, qu'il examinait rapidement avant de les signer.

« C'est tout ?

— Oui, monsieur le juge.

— Le dossier Werck ?

— Le commissaire Jèze a téléphoné tout à l'heure. Il m'a chargé de vous dire qu'un de ses officiers de police avait obtenu un rendez-vous de M. Villognon-Marois, l'expert, aujourd'hui en fin de matinée. Muni d'une machine portative, il doit essayer de recueillir le témoignage sur place. Si cette déposition présente le moindre intérêt, M. Jèze vous la fera porter en cours d'après-midi.

— Bien.

— Je vous rappelle que vous avez convoqué M. Werck pour quatorze heures trente et, à dix-sept heures, les jeunes Fabre et Flavier accompagnés des parents Fabre.

— Je sais.

— M. Werck est dans la salle d'attente.

— Il n'est pas encore deux heures et demie.

— M. Werck était déjà là quand je suis arrivé moi-même, il y a plus d'une demi-heure. »

Quelle supposition erronée d'avoir envisagé un instant que le censeur pourrait se soustraire à la Justice !

« Eh bien, allez le chercher. »

Peu après, la haute silhouette massive occupait presque toute l'embrasure de la porte.

« Entrez, monsieur. »

Le juge s'était levé. Il n'était pas en son pouvoir d'être incivil. Cet homme raide, le visage austère sur son col dur, faisait partie des notables de la ville et il pénétrait là en qualité de plaignant. Le magistrat, après une très brève hésitation, tendit donc la main.

« Asseyez-vous, je vous prie. »

On entendait déjà le cliquetis de la machine à écrire. Jarillot recopiait l'état civil du visiteur sur la procédure antérieure.

« Ainsi que vous le savez, monsieur, je suis chargé de cette affaire ouverte sur l'initiative de la police, le 28 juin, dans laquelle des enfants ont été soupçonnés. Je dois les entendre tout à l'heure afin de les mettre définitivement hors de cause.

— Pourquoi ça ? Les coupables sont-ils découverts par ailleurs ?

— Ce que l'on a surtout découvert, c'est l'objet même que vous aviez cru volé.

— Comment, que j'ai cru volé ! Ma pendule a beau être pourvue d'un automate, il ne lui permet pas de descendre un escalier et d'empiler des bûches !

— En somme, vous maintenez votre plainte ?

— Évidemment. »

Le greffier, qui travaillait face au mur, tourna la tête pour regarder le visiteur avec curiosité. Le juge avait sorti de sa poche un paquet de cigarettes qu'il tapotait sur la table sans se décider à en prendre une. C'était encore une de ses gênes. Par courtoisie, il éprouvait de la répugnance à allumer une cigarette sans en offrir ou, tout au moins, autoriser les visiteurs à fumer.

« Très bien. Monsieur le greffier, vous enregistrerez la déclaration de M. Werck, puis les questions que je vais poser ainsi que ses réponses. »

Quand le bruit de la machine empêchait la poursuite du dialogue, le juge feuilletait son dossier et prenait des notes.

« J'avoue, monsieur Werck, que cette évidence ne m'apparaît pas. A supposer que la pendule ait été transportée dans votre cave par des gens malintentionnés...

— Elle l'a été forcément.

— De cela, nous parlerons tout à l'heure... Je disais donc que, si des personnes étrangères à votre habitation s'étaient amusées à transférer l'objet d'une partie à une autre de vos locaux personnels, il s'agirait d'une mystification et non d'un vol.

— Monsieur le juge, quand vous aurez découvert les auteurs du méfait, alors vous serez en mesure d'apprécier leurs intentions. »

Du coup, le greffier se retourna pour la seconde fois et le juge alluma sa cigarette.

« Bien.

— J'ignore encore si après un séjour dans un local d'une humidité extrême tout le mécanisme n'a pas été corrodé par l'oxydation. Dans cette hypothèse, la remise en état sera extrêmement coûteuse et néanmoins incertaine. D'autre part, dans l'hypothèse où j'accepterais de retirer ma plainte, l'enquête prendrait fin. Il serait impossible de relever les empreintes digitales...

— Vous savez, monsieur, les empreintes digitales pour un vol de pendule... je crains que vous ne vous fassiez des illusions. Nous ne sommes pas, fort heureusement, en matière criminelle.

— Je dirai, moi : malheureusement, monsieur le juge ! La vie humaine est la chose la plus commune, dès lors que la population du globe ne cesse de croître pour atteindre trois milliards d'individus, dont le séjour sur terre se termine toujours après quelques dizaines d'années. Ma pendule, en revanche, constitue un objet d'art d'une rareté extrême, qui existe depuis trois siècles et pourra, avec les soins appropriés, durer un millénaire, si ce n'est plus ! Criminelles donc, très exactement, me paraissent les manipulations dangereuses que des vandales viennent de lui faire subir.

— Voici des considérations philosophiques très intéressantes, mais qui ne sont pas cependant de nature à me permettre d'enfreindre les règles auxquelles je suis soumis. Cela dit, vous êtes parfaitement libre de maintenir votre plainte. Le greffier en prend note. Pour moi, cela ne change pas grand-chose. J'avais en effet, de toute manière, l'intention de poursuivre l'étude du dossier jusqu'à ce que soient éclaircis certains points qui, à mes yeux, méritent de l'être. Si j'ai prévu de vous consacrer trois heures cet après-midi, ce n'était certainement pas dans l'intention de vous regarder signer un désistement. Je résumerai d'abord brièvement les faits matériels. Le lundi 27 juin dans la soirée, vous recevez une dizaine de personnes dans le salon où se trouvait la pendule. Celle-ci est toujours en place le lendemain matin, 28 juin. Vous en constatez la disparition au moment où vous regagnez votre domicile, après avoir vaqué à vos occupations habituelles. Nous sommes bien d'accord ?

— Oui.

— Vous êtes-vous tenu durant la matinée en un point fixe ?

— Sans comprendre l'intérêt de cette question, je précise bien volontiers que mon travail a nécessité, ce jour-là comme les autres, des stations dans mon bureau, alternant avec des allées et venues.

— L'objet disons... perdu a été retrouvé par les policiers dans votre propre cave dont l'accès est défendu par une porte vétuste, comme l'habitation elle-même, mais munie d'une serrure à l'état neuf. Quand avez-vous fait poser cette serrure ?

— Il y a quelques mois. Je ne me souviens pas exactement.

— Pour quelle raison ?

— Pardon ?

— Je demande pourquoi vous avez jugé bon de consentir la dépense d'un dispositif destiné à interdire le passage entre une pièce de votre appartement, en l'espèce la cuisine, et vos caves ? Il ne s'agissait pas de vous protéger contre les chapardages de domestiques que vous n'employez pas.

— Certes. Mais mon épouse tient rigoureusement à des habitudes héritées de sa mère. Elle garde tout sous clef jalousement.

— Parfois, pour combattre leur propre désordre, certaines femmes font poser des cadenas gros comme le pouce. Mais elles oublient de s'en servir. Mme Werck est peut-être ainsi.

— Assurément non. Elle est l'ordre et la rigueur mêmes.

— Vous confirmez donc ses propres déclarations. Mme Werck, au moment d'ouvrir cette porte à la demande des policiers, a prétendu qu'elle était close depuis le 4 mai, date de votre anniversaire.

— Mes cinquante-cinq ans. C'est exact. La veille du vol, j'avais hésité à offrir du mousseux aux surveillants. Mais sur le nombre, j'en ai deux ou trois qui ont tendance à boire. Il ne m'appartenait pas, même à l'occasion d'une festivité, d'avoir l'air d'admettre, voire d'encourager ce regrettable penchant.

— J'ai sous les yeux la déposition de Mme Werck, recueillie sur place par un officier de police. Elle dit textuellement : "Cette porte n'a cessé d'être fermée à double tour, le jour de la disparition de la pendule comme les autres." Le greffier notera que vos dires corroborent les affirmations de votre épouse.

— Parfaitement. »

Toute manifestation de bonne foi désarmait le juge Masure. Il se détendit et, comme sa main s'était dirigée vers le paquet de cigarettes, il ne réprima pas le geste presque instinctif de le tendre vers son interlocuteur.

« Merci ! Je n'ai jamais compris ce travers, avant même d'en connaître les funestes conséquences.

— A votre aise. De combien de clefs disposez-vous pour cette serrure ?

— Deux, très certainement, comme il est d'usage.

— Qui les détient ?

— L'une fait partie du trousseau de ma femme, l'autre est accrochée à un tableau, à l'intérieur de notre armoire à vêtements.

— Elle-même fermée à clef, je suppose ?

— Évidemment, sinon ce ne serait pas la peine.

— Qui dispose de l'accès à ce tableau ?

— Ma femme et moi. Voici ma propre clef de l'armoire. »

Il la présentait entre ses doigts de bûcheron.

« Pourtant, une autre personne habite avec

vous. Votre mère ne jouit-elle pas de la faculté de descendre à la cave ?

— Non.

— Est-elle infirme ?

— Absolument pas. Ma mère demeure à soixante-dix-sept ans parfaitement ingambe.

— Alors, pour quelle raison ?

— Monsieur le juge, il se trouve que vous pénétrez là dans un domaine privé. Pour tout dire, votre question, très involontairement j'en suis sûr, est parfaitement indiscrète.

— Pardon ?

— Je dis que la question que vous venez de formuler touche à l'intimité de notre vie familiale. Je désire d'autant moins y répondre qu'elle est totalement étrangère à l'affaire dont vous êtes chargé.

— Les dispositions du Code de procédure pénale me rendent maître de mener mon instruction comme je l'entends. J'insiste donc.

— Alors, je vous répondrai. Mais je demande que soient inscrites au procès-verbal mes protestations contre cette mesure vexatoire et inutile.

— Je n'y vois pas d'inconvénient. Vous mentionnerez, monsieur le greffier, les réserves énoncées par le plaignant, dans les termes mêmes qu'il a employés. »

Si la voix du magistrat demeurait calme, un mouvement cadencé de son pied gauche trahissait sa nervosité croissante.

« Mme Werck garde serrées ses provisions, parce que ma mère... manque de la tempérance nécessaire à sa santé. Son penchant ne la porte pas seulement vers les aliments sucrés... mais aussi, hélas ! les boissons alcoolisées. Nous avons à la cave un certain nombre de bouteilles d'apéritifs et de vins fins provenant de cadeaux que me faisaient autrefois les parents d'élèves pour le premier janvier. Je dois dire qu'avant de prendre la décision de refuser systématiquement ces présents je ne les acceptais qu'avec la plus extrême répugnance, uniquement pour ne pas créer un contraste susceptible de blesser mes collègues les professeurs. C'est afin d'empêcher ma mère d'aller, durant les absences de mon épouse, consommer ces alcools que nous avons été amenés à prendre certaines précautions. Il serait donc parfaitement absurde que ma mère disposât des clefs de serrures mises en place, sinon contre elle, du moins contre ses appétits. Je constate que la police, à laquelle on fait une réputation de brutalité, ne m'avait pas acculé à l'aveu pénible que vous venez de m'imposer.

— Nous parlerons peut-être tout à l'heure d'un autre oubli, bien plus important, commis dans la procédure que j'ai sous les yeux. Une chose qui n'a pas été omise par les policiers, en revanche, c'est la recherche des traces d'effraction. Elle s'est révélée négative sans l'intervention, certes, d'un service spécialisé. Il s'ensuit que seul un cambrioleur hautement qualifié, si j'ose dire, et muni d'un outillage approprié, aurait été capable de forcer ce passage sans laisser de traces. Voilà effectivement qui élimine l'hypothèse d'une simple malveillance que je formulais tout à l'heure, uniquement parce que je croyais qu'elle était vôtre. Par ailleurs, je ne m'explique pas pourquoi un malfaiteur sérieux et organisé se serait intéressé au transfert de cette pendule de votre salon à votre cave. Qu'en pensez-vous ?

— Je pense que je n'ai pas rêvé. Si les faits s'opposent à la vraisemblance, je n'y peux rien. De Protagoras à Fichte et Berkeley, de nombreux philosophes ont professé que toutes nos connaissances n'existent pas, n'étant que la résultante de sensations variables selon les individus. Si vous en venez à considérer que quatre ou cinq inspecteurs de police ont seulement cru découvrir ma pendule sous un tas de bois plus ou moins pourri, mais qu'en fait ils ont été victimes d'une illusion, je n'aurai rien à ajouter !

— Ce n'est pas cette découverte que je mets en doute, c'est l'intervention, dans la dissimulation qui l'a précédée, de personnes étrangères à l'habitation et, pour tout dire, autres que celles qui disposaient de la clef de la cave.

— C'est-à-dire moi et ma femme !

— Exactement. »

Werck s'était levé d'un seul mouvement. Son regard affolé de surprise allait du magistrat au greffier, des murs à la fenêtre.

« Restez donc assis. »

Le planton frappa à la porte, entra sans attendre la réponse pour remettre une enveloppe fermée.

« On a apporté cela du commissariat. C'est urgent, paraît-il.

— Merci. »

Le censeur n'avait pas obéi à l'invitation. Raide, il proféra de sa hauteur :

« Monsieur le juge, la nature m'a refusé le don d'apprécier l'humour.

— Je ne plaisante pas le moins du monde. Tout au contraire, j'envisage de vous inculper.

— Quoi ! »

Abasourdi cette fois, il se décida à se rasseoir, mais avec autant de lenteur qu'il avait mis de promptitude à se dresser. Ses grosses mains cherchaient l'appui des bras du fauteuil, comme les cordes celles d'un boxeur groggy.

Quels que fussent ses sentiments, il n'était pas dans la nature du juge Masure de contempler sans émotion le bouleversement créé par un coup qu'il venait de porter. C'est donc surtout pour se donner une contenance que, après s'en être excusé d'un mot bref, il se mit à lire avec soin la déposition de l'expert Villognon-Marois qu'on venait de lui remettre. Celle-ci apportait une confirmation éclatante des présomptions contre le malheureux censeur. Masure en éprouva de la satisfaction. Pour un juge scrupuleux, rien de plus agréable que de voir un dossier dans lequel subsistaient des doutes prendre carrément tournure dans un sens ou dans l'autre. En outre, dès lors que le censeur apparaissait voué à être confondu, il cessait de faire figure d'adversaire. Ses balourdises elles-mêmes devenaient plus facilement pardonnables. C'est donc sur un ton différent, celui d'une aménité qui n'était pas feinte, qu'il reprit la parole.

« Tout à l'heure, je vous disais que j'envisageais de prononcer votre inculpation. Ce qui signifiait évidemment que je n'étais pas encore absolument décidé à le faire. La lecture du document que l'on vient de me remettre emporte mes hésitations. Je vous inculpe de tentative d'escroquerie.

— D'escroquerie ! Moi ? »

Il regardait le magistrat fixement et parlait d'une voix blanche en détachant les mots.

« Je suis M. Werck, censeur du lycée. C'est ma pendule qui a été volée.

— Dissimulée.

— Soit. Je suis quand même la victime.

— Telle n'est pas mon opinion.

— Enfin, monsieur le juge, je me suis adressé à la Justice pour obtenir réparation d'un méfait et vous m'envoyez en prison, moi, un citoyen honorable...

— D'abord, je ne vous envoie pas en prison. Vous restez libre. Je précise qu'une inculpation ne signifie pas nécessairement une condamnation, ni même votre renvoi devant le tribunal. Elle constitue simplement une accusation, disons officielle, devant laquelle la loi vous assure toutes possibilités de vous justifier, si vous n'êtes pas coupable.

— Et ma carrière dans l'enseignement, mes fonctions actuelles, ma vie familiale, tous les renseignements que vous pouvez obtenir sur

100

ma personne ne vous aident pas à comprendre que vous commettez une effroyable erreur !

— Ce sont des facteurs qui vous évitent de subir une privation de liberté.

— Quelle misère ! Et en quoi consisterait-elle, cette escroquerie ?

— Dès lundi, s'il le désire, votre avocat viendra commander à mon greffier les copies de la procédure. De la sorte, vous pourrez établir avec lui votre système de défense en toute connaissance de cause.

— Je n'ai pas d'avocat.

— Vous en trouverez bien un.

— Monsieur le juge, je vous en prie, continuez à m'interroger aujourd'hui même. Dès que je saurai ce que l'on me reproche, je me justifierai sans peine et ce cauchemar prendra fin.

— Réellement, cela ne m'est pas possible aujourd'hui, je le regrette.

— Donnez-moi au moins des renseignements. Comment voulez-vous que j'aille solliciter un avocat, lui dire que je suis inculpé, déshonoré, sans avoir la moindre idée de ce que l'on me reproche ! »

Masure regarda sa montre.

« Je ne refuse pas, puisque j'en ai le temps, de vous indiquer verbalement la teneur, tout au moins l'essentiel, des différents documents qui figurent dans ce dossier, en attendant que vous puissiez lire les copies. Mais, au préalable, afin de séparer distinctement cette communication officieuse de l'audition au terme de laquelle je viens de signifier la mesure prise à votre encontre, je vous demanderai de lire le procès-verbal et de le signer.

— Voulez-vous venir jusqu'ici ? »

Jarillot n'aimait pas que l'on prît en main ses feuilles de papier au risque de les froisser avant la photocopie. Il préférait les étaler, quitte à tourner lui-même les pages, comme un notaire qui fait signer un acte. Maladroitement, après avoir fouillé toutes ses poches, le censeur réussit à extraire d'un étui en carton bouilli des lunettes cerclées d'acier. Puis, il se mit debout et alla se pencher vers la table qu'on lui désignait. Était-ce l'émotion, la position courbée en avant comprimant le torse, qui faisait qu'on entendait sa respiration alternée et forcée comme un soufflet de forge ? Des gouttes de sueur tombaient de son front sur le papier. Le greffier, impassible, les séchait aussitôt au tampon buvard pour éviter qu'elles ne viennent diluer l'encre encore fraîche. Le juge, lui, commençait à éprouver la crainte que son patient ne s'abatte soudain sur le parquet ciré, et c'est avec soulagement qu'il le vit, paraphes et signature une fois donnés, reprendre bien vivant place dans le fauteuil.

« Alors, je suis un escroc !

— Ah non, s'il vous plaît. J'ai accepté, par pure complaisance, de vous aider à connaître quelques jours par avance les charges qui pèsent sur vous. Si vous entendez engager une discussion et faire de l'ironie, j'y renonce immédiatement.

— Parlez, je vous en supplie, monsieur le juge. Je dominerai mon émotion et mon amertume.

— Soit. Je vais d'abord résumer les données essentielles et vous fournir ensuite quelques explications. Les trois caves de votre habitation sont limitées par des murs de un mètre cinquante d'épaisseur. Le seul accès en est un escalier qui aboutit dans une cuisine, pièce la plus utilisée de l'appartement. Une porte, dont la serrure n'a pas été violée, condamne de surcroît le passage. Un objet de quatorze kilos est néanmoins passé par là. Il a été dissimulé dans une cachette dont la réalisation a demandé des heures d'un travail déplaisant dans la poussière et l'humidité, particulièrement dangereux pour son auteur, compte tenu de la disposition des lieux, si toutefois il était venu clandestinement de l'extérieur. A cette performance, digne d'un champion de l'espionnage en pleine guerre, quel motif trouvons-nous ? Une étape dans la réalisation d'un vol en deux temps ? Sûrement pas. Le désir de tourmenter un censeur ? Cela n'en vaut vraiment pas la peine, quand existent tant et tant de mauvaises plaisanteries à la fois plus faciles et plus divertissantes. Ces données se complètent et conduisent tout droit à écarter de principe la culpabilité de personnes étrangères à l'appartement. Par voie de conséquence, il fallait bien songer à ce qui restait, c'est-à-dire les habitants eux-mêmes. Eux, ceux du moins qui détenaient les clefs de la cave, disposaient de toutes les commodités pour opérer. Deux obstacles subsistaient, je parle dans le sens de la recherche de culpabilité : l'absence d'intérêt et, bien entendu, votre personnalité. Ils paraissent à ce point importants que, si nous avons procédé à des investigations, c'est sans y croire, par esprit de méthode, systématiquement, dirais-je. Encore nous avez-vous forcé la main. Si vous vous étiez borné à déposer une plainte, ce qui était amplement suffisant pour vos buts, elle aurait été instruite avec la lenteur que la faiblesse des moyens mis à la disposition des auxiliaires de la Justice impose, surtout dans un cas d'aussi peu d'importance. Vous ne seriez pas là aujourd'hui dans la position où vous vous trouvez et, très probablement, vous n'auriez jamais été inquiété. Mais vous avez eu la maladresse d'en faire trop. Votre ardeur dans la récrimination, dont j'ai eu moi-même le spectacle tout à l'heure, au début de cet entretien, a eu pour conséquence la mise en cause, par les services de la Sûreté nationale, de mineurs, plus encore, d'enfants. Devant leurs dénégations, l'affaire devenait grave. Car la répulsion que l'on éprouve à suspecter un homme comme vous en raison de son passé ne suffit pas à faire accepter le risque d'infliger à de jeunes innocents des perturbations susceptibles d'influer fâcheusement sur leur existence entière. C'est donc par la force des choses que nous avons été amenés à surmonter le préjugé extrêmement favorable dont vous bénéficiiez aux yeux de quiconque. Cela devait se faire tout naturellement. Mais en réalité, l'esprit de

chacun s'abandonne à des discriminations ins-
tinctives. Ainsi, l'officier de police qui a reçu
votre plainte mardi dernier a tout bonnement
omis de vous demander si l'objet que vous
disiez volé était assuré.

— J'ai compris ? Enfin ! Vous avez cru que
j'avais moi-même caché ma pendule pour per-
cevoir l'indemnité de cent millions ! Pourquoi
ne pas m'avoir dit cela tout de suite ? Je vous
aurais aussitôt détrompé.

— Ah oui ?

— J'éprouve un véritable soulagement. Vous
ne devez pas savoir à quel point il est pénible
d'être traité comme un malfaiteur sans même
savoir ce qui vous est reproché. Je m'attacherai
à ne pas vous en vouloir en me remémorant la
parole de Sénèque : "Erreur n'est pas crime."
En ce qui concerne vos soupçons, je vais les
balayer en quelques mots. Premièrement, je ne
suis pas un homme d'argent. Je m'en suis passé
toute ma vie et j'ai bien l'intention de continuer. Deuxièmement, cette assurance, je n'en
voulais pas. Elle m'a été imposée. Je retrouve-
rai facilement l'adresse de l'expert qui est
tombé chez moi, un soir, par hasard, en compagnie d'un vieil ouvrier horloger nommé Leluc,
lequel habite 3, rue de Reuilly à Paris. Vous
voyez que je suis précis. Il ne tient qu'à vous
d'obtenir toutes les confirmations désirées. Ils
m'ont littéralement forcé la main. Troisième-
ment, et cela doit être décisif, je n'ai pas touché
un sou de la compagnie d'assurances.

— C'est de tentative d'escroquerie que vous

êtes inculpé. Encore une fois, monsieur, je décline toute discussion, aujourd'hui. Dans quelques jours, quelques semaines plutôt, vous reviendrez ici accompagné de votre avocat. Vous fournirez vos explications. Elles seront consignées. On entendra vos témoins. Il vous sera également loisible de déposer toutes les pièces que vous désirerez.

— Parce que, même après ce que je viens de vous dire, vous continuez à me croire coupable.

— Telle est mon opinion personnelle. Mais elle n'a pas l'importance que vous supposez. Je suis là pour préparer un dossier, le rendre aussi complet et clair que possible pour ceux, dont je ne fais pas partie, qui auront à juger.

— Je vous répète que je n'ai pas reçu un centime. De plus, je n'ai rien demandé.

— Après la diligence apportée dans le dépôt de votre plainte, vous disposiez de tout le temps pour saisir la compagnie d'assurances. Je ne suppose pas que vous ayez payé une prime importante, puisque proportionnelle au capital garanti, dont le montant dépasse sans nul doute largement votre traitement mensuel, dans l'intention, en cas de sinistre, d'en faire grâce à la compagnie d'assurances.

— Je n'ai pas réfléchi, cela s'est fait en quelques minutes. L'expert qui m'a informé de la valeur de la pendule parlait avec une telle autorité ! Il m'a poussé à faire établir ce contrat d'assurance. J'ai dit oui, sans même songer une seconde à me renseigner sur ce que cela coûterait. Interrogez-le ! Je n'étais d'ailleurs pas de sang-froid. J'avais bu du vin mousseux et je venais d'apprendre une nouvelle stupéfiante.

— Mais vous n'avez pas signé et payé sur-le-champ.

— Non, plusieurs jours après.

— Ce qui vous donnait largement le temps de vous raviser.

— De reprendre ma parole ? Cela ne m'est pas venu à l'esprit. J'étais, je viens de vous le dire, lié par un accord verbal en vertu duquel des gens s'étaient mis au travail : l'expert, pour rédiger son estimation, le courtier et les employés de la compagnie pour établir le contrat. Vous n'auriez tout de même pas voulu que je renvoie tout ça tel quel, avec quelques mots d'excuses exprimant que j'avais changé d'avis comme une petite femme capricieuse !...

— Voilà qui serait bel et bon, si la pendule n'était pas allée se cacher sous un tas de bois. Votre avocat trouvera peut-être une explication. Certains ont une telle imagination. Je me demande bien laquelle, par exemple.

— Parce que vous persistez à croire que j'ai commis un acte répréhensible. Vous n'arrivez pas à vous dégager de cette méprise ! »

Il reprenait son air tragique. Masure, pour sa part, se sentait envahi par un sentiment de malaise vague, indéfini mais croissant. Aussi piètres fussent-elles, les explications du censeur étaient présentées avec des intonations de sincérité. Pour une fine joute contre un adversaire valable, le magistrat était armé de sa subtilité et d'un dossier écrasant. Mais sur ce terrain, l'autre ne pouvait le suivre. Il n'avait rien pour lui, le lourdaud, sauf cette apparence de bonne foi qui demeurait accrochée sur son épais visage. C'est dans une large mesure pour raffermir sa propre conviction que le juge entreprit une démonstration logique, dont la trop grande efficacité allait pourtant lui créer quelques difficultés imprévisibles.

« Ce que vous appelez ma méprise n'est pas dépourvu de fondements. La disposition des lieux, l'existence de la porte soigneusement fermée à clef, le temps nécessaire pour la construction de la cachette, tous ces éléments établissent, hurlent, dirais-je, la preuve que la dissimulation a été commise par un habitant de votre appartement. Cette déduction est si solidement étayée qu'il faudrait s'y tenir, même en l'absence de toute supposition valable sur les raisons de l'acte qui nous occupe. Mais nous n'en sommes plus là ! La découverte du contrat d'assurance nous a révélé qu'une personne, son bénéficiaire, avait un intérêt puissant à la disparition de l'objet d'art. Mieux encore, depuis que vous êtes entré dans ce cabinet, j'ai reçu sur vos mobiles une explication lumineuse, présentant par surcroît le mérite d'avoir été énoncée par vous-même. Vous m'invitiez tout à l'heure à interroger M. Villognon-Marois. C'est chose faite. Voici le passage le plus caractéristique de son témoignage, dont la valeur est renforcée par sa qualité d'expert près de la cour d'appel de Paris : "M. Werck a paru très ému d'apprendre la valeur de sa Janus et remué par ma proposition de la vendre aux enchères publiques à l'hôtel des ventes. Je puis vous rapporter ses propos mot pour mot, car je dispose d'une mémoire sans défaillance. C'est pourquoi je suis expert. Il s'agit d'une profession dans laquelle nous ne sommes ni intelligents ni artistes. Sinon, nous créerions des richesses, des maisons, des machines ou des œuvres d'art. Mais nous ne sommes bons qu'à reconnaître, distinguer, classer ce que les autres ont fait. Pour cela, une seule faculté demeure indispensable : la mémoire. Je puis, voyez-vous, sans regarder mes notes, vous indiquer que la Janus de Werck porte dans un losange légèrement irrégulier le chiffre 325 et que subsistent d'une inscription en latin partiellement effacée des lettres espacées inégalement qui sont : D E C O L O T A N D U M, vestiges probables de la phrase : *"De gustibus et coloribus non disputandum"*, par laquelle l'artiste aurait répondu par avance aux critiques dont son œuvre pourrait être l'objet. M. Werck, donc, m'avait dit à peu près textuellement ceci : "Je ne sais réellement que faire. La vente de ma pendule bouleverserait nos conditions d'existence. Mais j'y suis trop attaché." Quant à l'assurance, je lui ai moi-même conseillé de la contracter. Comme il ne voulait pas que soit connue à Versailles sa qualité de possesseur d'un pareil joyau, ou plus exactement tenait à dissimuler sa soudaine richesse, je l'ai mis dans les mains de Lebreton. Votre censeur, je le vois encore me raccompagnant dans la cour du lycée. Il balançait sa lampe électrique comme pour donner le signal du départ à un train en marmonnant : "Quand je pense à cette somme fabuleuse avec laquelle je pourrais acheter une villa pour ma retraite ! Mais si je vends ma pendule, je ne l'aurai plus !" En ma qualité de célibataire, je conserve des illusions sur la vie conjugale. Aussi lui ai-je conseillé de s'ouvrir à son épouse de ce débat cornélien. Mais il a repoussé cette suggestion..." Je vous accorderai que le ton des commentaires de M. Villognon-Marois peut choquer, s'agissant d'une affaire pénale. On m'indique d'ailleurs qu'il a exigé la transcription intégrale de ses paroles afin d'éviter, a-t-il dit, "qu'on ne lui mette dans la bouche le jargon policier". Quoi qu'il en soit, vous discernez sans nul doute ce dont vous êtes accusé : c'est d'avoir trouvé la formule, qu'apparemment vous recherchiez, afin de pouvoir toucher la somme fabuleuse tout en gardant la pendule. Quand cela a-t-il germé dans votre esprit ? C'est difficile à dire, mais le rejet de votre courtier d'assurances habituel semble trahir une arrière-pensée immédiate. Cette hypothèse trouve une solide confirmation dans votre comportement à l'endroit de votre femme. Un homme normal, apprenant que la fortune vient de lui échoir, se serait précipité pour porter la nouvelle à la compagne de sa vie. Chez celui, en revanche, qui est habité par de noirs desseins, le souci du secret prime. Il faut aussi noter le faible délai entre la souscription

110

de la police et la déclaration du vol fictif, cinq semaines dans votre cas. C'est un fait bien connu que les escrocs à l'assurance, qui auraient tout intérêt à se montrer patients, n'ont jamais, tout au moins ceux qui se font prendre, la sagesse d'attendre des délais raisonnables. J'en suis arrivé aux éléments psychologiques, alors que les seuls faits matériels justifient votre inculpation. Mais, puisque vous prétendiez tout à l'heure être dans l'incapacité d'informer votre avocat des charges retenues contre vous, j'ai fait en sorte de vous mettre en mesure de les lui exposer dans leur entier.

— Je vous en remercie. Mais je n'ai pas d'avocat et n'en aurai pas. A quoi cela servirait-il ? Je vous ai écouté religieusement, monsieur le juge, et vous m'avez convaincu. Les apparences sont contre moi à un point tel que ma cause devient désespérée. Vous n'y êtes pour rien. Je ne puis que vous approuver d'apporter à l'exercice de vos fonctions la rigueur dont j'ai fait preuve dans les miennes. Lorsque des faits patents me dictaient des mesures contre un élève, je n'écoutais que ma conscience et résistais à toutes pressions, quels que fussent leurs auteurs, fussent-ils députés, industriels, journalistes, voire membres influents de l'Université. Mais ce n'est pas de là que vient le coup, c'est d'un autre milieu. Le piège dans lequel on m'a pris a été monté de façon diabolique. C'est de style florentin ou sicilien. Je revois d'ailleurs l'œil noir de cet épicier italien quittant naguère mon bureau en proférant des menaces. Il appartient, je suppose, à la Mafia. Peu importe... Votre dossier est effectivement écrasant. Je suis irrémédiablement déshonoré, donc perdu. J'abandonne la lutte. Mais, je le répète, je ne vous en veux pas. Puissiez-vous, si un jour l'erreur judiciaire qui m'a écrasé éclate, dominer le chagrin et la honte qui vous assailliront. Il vous faudra alors penser que vous n'étiez que l'instrument du destin et vous rappeler que je vous ai moi-même absous. Peut-être rechercherez-vous en ce temps, de préférence à toute autre, la compagnie de votre greffier, la seule vraiment apaisante par sa qualité particulière, celle du témoin du pardon solennel que je vous accorde. »

Instinctivement, le regard du juge avait suivi la direction désignée. Mais le visage ordinairement impassible de Jarillot exprimait une stupeur si vraie et si profonde qu'il s'en détourna au plus vite, de crainte d'être entraîné lui-même à perdre contenance. D'ailleurs, il n'avait désormais qu'une envie, mettre fin au plus tôt à une séance aussi décevante.

« Très bien. Je renouvelle pourtant mon conseil : prenez donc un avocat. Il vous aidera sans nul doute à ramener cette affaire à de plus justes proportions. »

Et il se leva pour donner congé. Mais le censeur continuait à écraser le fauteuil de sa masse rigide.

« A Socrate aussi on avait proposé un avocat. Il le refusa, sachant bien que celui-ci n'hésiterait pas, pour obtenir l'acquittement, à faire

112

appel à la pitié des juges. Je ne me prends pas pour Socrate, mesurant parfaitement toute la différence entre cet illustre philosophe et le modeste personnage que je suis. Toutefois, je connais un sort aussi tragique que le sien, plus encore, puisqu'il avait soixante-dix ans au moment de boire la ciguë, alors que je n'en ai que cinquante-cinq. Je l'imiterai en refusant l'assistance d'un avocat.

— Eh bien, à votre guise. Retirez-vous maintenant.

— Comment ça ! J'attends que vous me fassiez passer les menottes et jeter en prison.

— Mais je vous l'ai dit, vous êtes libre.

— En liberté provisoire ! Merci bien ! »

Le juge domina l'irritation qui le gagnait et se rassit.

« Je n'ai aucune raison de vous incarcérer préventivement. Ce traitement est infligé à des individus susceptibles de se dérober à la Justice. Tel n'est pas votre cas.

— Je n'étais pas non plus susceptible de commettre une escroquerie. Cela ne vous a pas retenu.

— En persistant à demeurer dans mon cabinet, malgré l'ordre que je vous donne d'en sortir, vous commettez un nouveau délit, celui d'outrage envers un dépositaire de l'ordre public dans l'exercice de ses fonctions.

— Au point où j'en suis, cela n'a plus aucune importance.

— Où voulez-vous en venir, monsieur Werck, à ce que je vous fasse expulser par les gardes ?

— Expulser, non. Qu'irais-je faire dans la rue ? Croiser des notables de la ville qui, ignorant mon déshonneur, soulèveraient leur chapeau sur mon passage ! Et où mes pas me porteraient-ils ?

— Mais chez vous !

— Je ne conçois pas que l'appartement mis par l'Université à la disposition du censeur du lycée de Versailles puisse être occupé par un prévenu. »

Le magistrat éprouvait une sérieuse nostalgie de ses délinquants habituels. Ceux-là au moins respectaient la règle du jeu. Quels qu'ils soient, tous aspiraient à la liberté. Son embarras devenait même très vif. L'inculpation du censeur, il l'avait décidée seul, sans consulter le Parquet. La loi l'y autorisait, certes. Sa conscience le lui commandait dans l'intérêt même du suspect, dès lors que les charges paraissaient lourdes. Mais, dans la pratique, un juge inculpe rarement un notaire, un membre important du clergé ou de l'enseignement sans en référer. Il s'était donc mis en flèche. Que serait-ce dans le cas d'une arrestation ? Et qu'adviendrait-il après cela si jamais cet excentrique se révélait innocent ? Tout cela n'empêchait point que dans l'exercice de ses fonctions, à l'intérieur de son cabinet, Masure figurait la Justice qui ne saurait être bafouée. Il ne pouvait donc continuer ainsi à parlementer, surtout en présence du greffier. Il se leva, se dirigea vers la porte d'un pas vif, sans mot dire, et sortit. Il ne s'agissait pas seulement de mettre fin, même temporairement, à une scène embarrassante. Il espérait que le procureur de la République serait à son bureau. Espoir vite déçu, cet après-midi du samedi étant par trop beau. On lui offrit de voir le substitut Hamadoubia, Sénégalais du plus beau noir, qu'il savait être un excellent juriste. Mais ce n'était pas un conseil technique que recherchait le juge Masure. Il préféra essayer de joindre le procureur par téléphone, d'abord chez lui, puis, tout aussi vainement, à un second numéro indiqué tant bien que mal par une servante espagnole. Dix bonnes minutes s'étaient écoulées depuis qu'il avait laissé le censeur et le greffier en tête-à-tête. La situation ne pouvait se prolonger. Contrarié par avance à l'extrême en imaginant la scène pénible qui allait suivre, il appela un garde, l'envoya en chercher un second, puis, ainsi escorté, regagna son cabinet. Werck n'était plus là.

« Il est parti ?

— Oui, monsieur le juge.

— Spontanément ? »

Jarillot leva les deux bras pour signifier l'impuissance dans laquelle il aurait été d'expulser par ses propres moyens un homme de cette taille.

« Il m'a demandé où se trouvent les toilettes. »

Le juge ordonna aux gardes de se tenir à proximité de la porte de son cabinet afin d'interdire le passage au censeur dont il donna un bref signalement. Puis il pria le greffier d'introduire les personnes qui attendaient, Catherine Fabre, ses deux fils et Michel Flavier. La petite séance qui allait suivre ne pouvait être désagréable. Pourtant, l'état d'insatisfaction et de trouble dans lequel l'avaient plongé les insolites réactions du prévenu Werck Julien ne se dissipait pas. Le soleil entrait maintenant à flots dans la pièce orientée à l'ouest. Il faisait bien trop chaud. Masure pensa à ces magistrats américains que l'on voit, dans les films, travailler sans veste ni cravate. Puis, soudaines et cuisantes comme des brûlures d'estomac, l'image et la voix de la jeune Allemande au chignon assaillirent son esprit.

C'est la nausée qui avait fait abandonner au censeur son attitude héroïque. Elle le tourmentait depuis un moment. Mais la présence du bourreau aidait la victime à mobiliser, pour se tenir, de puissantes forces psychiques. Celui-ci à peine parti, les ressorts se détendirent. On a beau faire des philosophes de l'Antiquité sa nourriture quotidienne, le stoïcisme sans témoin reste difficile. Jarillot, en chemise polo, ne comptait pas.

Malgré les indications précises reçues du greffier, il se trompa, erra dans les couloirs, ouvrit des portes qu'il convenait de respecter. Mais le palais de justice était presque désert. Finalement, le garçon du bureau, absorbé dans la préparation scientifique de son tiercé au point de n'avoir pas prêté attention au pas lourd qui s'approchait de lui, tressaillit sous la pesée, sur son épaule, d'une main puissante.

« Conduisez-moi vers les lieux d'aisance. »

Le modeste fonctionnaire dispensait sans hâte ses services aux magistrats, veillant à ne pas faire bonne mesure. Quitter sa chaise à la demande d'un visiteur sans des sollicitations répétées aurait, à l'ordinaire, constitué à ses yeux une bassesse. Mais il ne pouvait être question ni de repousser ni de subir le personnage marqué par la douleur morale et la souffrance physique, qui haletait au-dessus de sa tête. Il alla jusqu'à ouvrir lui-même la porte du local. Celui-ci était éclairé à l'électricité par une administration parcimonieuse. Le contraste avec le corridor dans lequel pénétraient à flots les rayons de soleil était tel que Werck avança en tâtonnant. Sébastien Fabre était là, devant un urinoir. Revenu en toute hâte d'une promenade à bicyclette avec Michel, au cours de laquelle les deux garçons avaient quelque peu oublié l'heure, il n'avait pas pris le temps de se soulager, afin de ne pas arriver en retard à la convocation du juge.

« Les cabinets sont dans le fond, monsieur le censeur, et les lavabos par ici.

— Qui êtes-vous ?

— Fabre, Sébastien Fabre.

— Ah !... Vous avez éprouvé des ennuis par ma faute... mon petit... Mais vous pardonnerez à l'homme fini que je suis, abattu par une dramatique erreur judiciaire. Puisse l'affaire Werck n'avoir pas les tristes conséquences de l'affaire Dreyfus. Vous rapporterez ces paroles, si, comme je le pressens, l'intensité de mes souffrances devient plus forte que ma terreur de la mort. Allez, Fabre. »

Puis il entra dans une cabine. Mais les contractions d'estomac et le goût de cendre qui emplissait sa bouche l'avaient trompé. Il n'arrivait pas à vomir. Après avoir bu dans ses mains quelques gorgées d'eau prise au robinet du lavabo, il se retrouva dans le couloir devenu éblouissant. Le visage moite, le dos en sueur, en proie à une fatigue extrême, il fléchissait sur ses jambes. Le besoin de se dévêtir et de s'étendre dans son lit devenait incoercible. Il y céda machinalement.

Le surlendemain, le médecin du lycée diagnostiqua un ictère.

« C'est une jaunisse, monsieur le censeur, tout simplement. Vous n'avez pas de chance au moment de partir en vacances. »

Chapitre 7

« En tout cas, moi, je partirai demain. Vous ne pouvez pas m'empêcher d'être sur le quai quand le *Valmy* accostera. »

Michel Flavier était resté debout, face aux deux autres. Sébastien Fabre, assis sur la bordure du bassin d'Apollon dans le parc du château de Versailles, posait un regard pensif tantôt sur l'eau dont le calme s'harmonisait avec sa méditation, tantôt sur François Jèze assis à côté qui, lui, le coude sur le genou, le menton dans la main gauche, extrayait machinalement de l'autre quelques cailloux dans le gravier, puis les laissait un à un s'échapper et recommençait.

Le censeur était depuis cinq jours inculpé et malade. Les garçons n'auraient rien dû savoir, si ce n'est la mise hors de cause de Flavier et des deux Fabre. Mais, dès le dimanche soir, un dîner avait réuni, dans un restaurant réputé de Pontchartrain, maître Pannel, sa femme, les Fabre et les héros du jour, les trois innocents : Étienne, le livreur d'occasion, son frère et Michel. Il avait été longuement question de l'affaire. Maître Pannel, sur la personne de qui se concentrait comme à l'ordinaire l'attention générale, tout en se défendant de dévoiler les secrets d'une instruction judiciaire, était arrivé en procédant par allusions, suppositions et comparaisons à révéler tout ce qu'il savait. Pour le reste, Sébastien avait opéré une jonction avec le fils du commissaire, son aîné d'un an et d'une classe. Bien sûr, le policier lui-même n'avait rien raconté chez lui ouvertement. En fait, par morceaux et par bribes, les trois lycéens, transformés pour la circonstance en détectives amateurs, étaient parvenus en peu de jours à une parfaite connaissance de la situation. Les propos tenus par Werck lui-même dans les lavabos du palais de justice avaient évidemment servi de point de départ et fait naître chez son jeune interlocuteur compassion et volonté d'assistance. Peu importait qu'il s'agisse d'un homme, le seul peut-être pour qui il éprouvait jusqu'alors une violente antipathie. Caton était innocent. De cela, Sébastien se sentait assuré. Il fallait donc lui venir en aide.

« Pars en vacances, mon chéri, avait recommandé Catherine.

— Tu vas nous attirer des ennuis, disait le père.

— Hé, Sherlock ! » raillait Étienne.

Michel, lui, admirait les sentiments généreux qui animaient son ami. Mais l'intervention de gamins de leur âge, dans un domaine aussi respectable que celui de l'appareil judiciaire, lui paraissait choquante et aventureuse. Quant au jeune Jèze, toujours rigoureux, il n'accordait à personne le droit de se laver les mains d'une

120

injustice. C'est pourquoi, sans partager la conviction de Sébastien Fabre, il n'avait fait aucune difficulté pour différer son départ vers la région de Dax, chez des cousins.

« En somme, disait-il, tu ne crois guère à la logique. La pendule a été retrouvée dans un endroit dont Caton avait seul l'accès, lui, l'unique bénéficiaire du magot que rapportait cette dissimulation.

— Possible ! Mais moi, je l'ai vu et entendu. La sincérité, mon petit vieux, ça se sent. Caton n'est ni Mounet-Sully ni Jean Gabin. Sa caractéristique principale, en dehors de la vacherie, serait plutôt la balourdise. Il n'avait rien d'un malfaiteur confondu la main dans le sac, mais tout d'un gros veau pris au piège à la place du loup et qui ne pige pas ce qui lui arrive.

— Pour quel motif plausible un personnage quelconque se serait-il donné la peine de manipuler un instrument aussi lourd ?

— Pour couler Werck.

— Voilà qui suppose que l'individu en question connaissait l'existence de la police d'assurance.

— Ce n'est pas évident. On a peut-être voulu lui faire une simple rosserie qui a mal tourné.

— Dis-moi, Fabre. Il paraît que la confection de la cachette demandait obligatoirement des heures de travail. Tu imagines un quidam se donnant toute cette peine, dans la pénombre, juste pour embêter ton petit protégé ! »

Ils avaient déjà discuté de tout cela en termes

similaires. On tournait en rond depuis deux jours.

« Nous ferions bien de filer, observa Michel. Il va pleuvoir. »

De fait, le ciel s'obscurcissait. Il faisait trop beau, trop chaud depuis une dizaine de jours. Un orage allait éclater.

« Onze heures. Nous n'allons pas rentrer.

— Payons-nous la visite du château. On n'y va jamais.

— Parce que nous habitons Versailles. C'est toujours pareil. »

Les trois garçons se replièrent vers les bâtiments, enfonçant les pieds dans le gravier profond. Michel ramassa au passage trois petits silex pour lapider la statue de Bacchus. Comme ils pénétraient dans la cour royale, un éclair colora les murs en violet, cependant que commençaient à déferler de grosses gouttes sur des touristes qui sautaient les pavés disjoints, l'appareil photo serré contre la poitrine. Au premier étage, Flavier s'arrêta pour écouter les commentaires d'un guide sur la voûte de la chapelle, œuvre d'Antoine Coypel, mais Sébastien le tira par le bras.

« Viens. Nous sommes là pour parler et réfléchir. L'histoire de l'Art, on s'en occupera un autre jour. »

Pourtant, peu après, lui-même s'arrêtait devant le portrait de la marquise de Brinvilliers par Lebrun.

« Je croyais qu'on n'avait pas le temps de regarder les tableaux.

— C'est la Brinvilliers.

— Alors ?

— Elle a empoisonné son père, son frère et combien d'autres...

— Ça te fait rêver ?

— Oui, en pensant à Caton. Seule une femme a pu s'amuser à le descendre en flammes.

— Sa petite amie !

— Une vieille femme, la sienne peut-être, ou celle qui vient aider au ménage, ou la concierge. Que sais-je ?

— Sur quoi te fondes-tu ?

— Cette cachette patiemment élaborée, en secret, ce n'est pas du travail d'homme. Vous le savez bien. Tout ce qui demande la combinaison de la patience et de la dissimulation est féminin... à quatre-vingt-dix-neuf chances sur cent. Et n'oubliez pas la bougie... Vous savez bien qu'on a trouvé des restes de cire en abondance. A une époque où l'on vend des lampes électriques de modèles divers qui se posent, s'accrochent et se boutonnent même, seule une femme, et plus particulièrement une vieille femme, peut avoir encore le goût de travailler à la lueur des bougies. »

Entraînés par Michel qu'attirait la galerie des Batailles, ils traversèrent les appartements de la Reine et débouchèrent dans l'immense salle de cent vingt mètres de long. Une fois là, Flavier s'écarta de ses compagnons pour contempler les tableaux. Les deux autres s'assirent sur une banquette et continuèrent leur discussion entrecoupée de longues réflexions.

Mais François Jèze, lorsqu'il vit de loin deux gamines adresser la parole à Flavier et celui-ci leur répondre avec amabilité, se leva, prit son camarade par le bras et le ramena avec lui. Les excès paternels le rendaient misogyne.

On en était à la serrure de la porte de la cave.

« Deux clefs en tout et pour tout. Voilà le postulat. Principe premier non démontré !

— Habituellement, deux clefs sont fournies avec la serrure.

— Certes. Mais lorsqu'un homme se trouve déshonoré et proche du suicide, on peut bien avoir envie de regarder de près si les habitudes ont été respectées. Suppose que les concierges détiennent une troisième clef. Une partie de l'accusation ne s'effondrerait-elle pas ?

— Une toute petite partie. Les Glorion n'étaient pas bénéficiaires de l'assurance.

— Laisse l'assurance de côté. Il est vraisemblable qu'elle ne constitue qu'une coïncidence dramatique. Seulement, comme elle explique merveilleusement un acte insolite, les gens s'en trouvent éblouis au point de ne plus rien voir d'autre. Moi, je te dis qu'il faut gratter autour.

— Grattons.

— Cette serrure était presque neuve. En es-tu sûr ?

— Le renseignement fait partie de ce qui m'a coûté une tournée d'apéritifs à deux officiers de police.

— Elle a nécessairement été posée par un artisan de Versailles.

124

— A moins que le censeur ne l'ait achetée dans un bazar et mise en place lui-même.

— C'est peu probable.

— C'est peu probable. »

Sébastien mordillait ses ongles, puis regardait en l'air la verrière qui éclaire la galerie au milieu d'une voûte à caissons dorés, et soudain s'écria :

« Allons-y.

— Où ça ?

— Interroger les serruriers.

— Mais à quel titre, Fabre ?

— Aucun. En racontant des craques.

— Sébastien, tu ne crois pas que nous avons déjà été assez enquiquinés avec cette histoire ?

— Toi, Michel, rien ne t'empêche d'acheter *Yachting* et de rentrer à la maison le lire tranquillement dans un fauteuil.

— Quelles craques, d'abord ?

— N'importe. Celle-ci, par exemple : M. le censeur est malade. Sa femme a égaré la clef de la cave. Elle ne se rappelle pas combien en avaient été fournies. Avant de tout retourner dans sa baraque, elle nous a demandé comme un service d'aller aux renseignements. Et comme elle ne sait plus au juste le nom du fournisseur, on les visite l'un après l'autre. D'ailleurs, Caton n'aura pas été chercher son serrurier à Porche-fontaine ou au Chesnay.

— Mais c'est bientôt l'heure du déjeuner.

— Raison de plus. C'est le moment où l'honnête artisan vient prendre son repas familial.

— Et la flotte ?

— Terminée. »

Il désignait du bras la verrière.

Ils furent servis par la chance, mais in extremis. L'annuaire du téléphone avait révélé l'existence de neuf serruriers à Versailles. Le troisième fut le bon, un vieil homme aux cheveux blanc jauni. Il se rappelait parfaitement avoir fourni, quelques mois auparavant, cette serrure que son apprenti était allé poser. Lui, ne se déplaçait plus. Le jeune ouvrier était là, d'ailleurs, qui se lavait les mains au robinet, tournant la tête pour lorgner des garçons de son âge. Une clef supplémentaire ? Et quoi encore ! Cette dame ne se souvenait-elle pas qu'elle avait exigé un rabais de vingt pour cent sur le tarif, celui-ci ne lui ayant été consenti que parce que l'on fournissait le lycée depuis cinquante ans bientôt ?

Les trois enquêteurs repartirent bredouilles. Mais comme ils venaient de parcourir une centaine de mètres, un vélomoteur s'immobilisa à leur hauteur. L'engin, quoique visiblement neuf, pétaradait odieusement. Sans nul doute, son propriétaire avait jugé bon d'enfoncer les chicanes du pot d'échappement pour « faire sport ». C'était l'apprenti serrurier.

« Hé, les gars, vous payez l'apéro ?

— Nous ne buvons que des sodas. Et il est tard...

— Tant pis pour vous. Je vous aurais peut-être indiqué comment dégoter la clef que vous cherchez. »

Il tournait déjà sa manette de gaz. Jèze, placé

126

le long du trottoir, eut le temps de le rattraper par le bras.

« Mais bien sûr qu'on va prendre un verre en copains. Dis donc, elle n'est pas ordinaire, ta moto. »

Au café, l'autre fit attendre sa confidence. La politesse lui imposait de payer « sa propre tournée ».

« Si... si... C'était pas pour me faire rincer à l'œil que je vous ai causé. Seulement, je m'embête dans la compagnie de ces deux vieux toute la journée. J'ai besoin d'être avec des jeunes. Vous ne buvez rien d'alcoolisé, vous autres. C'est pourtant bon. Faut dire que je suis un peu comme mon père. Il en est mort, d'ailleurs. Mais moi, je saurai m'arrêter à temps. Alors vous faites des études. J'aurais pu aussi. Ma mère a de quoi. Elle est mercière. Mais ça ne marchait pas. Je ne faisais que redoubler. Dites donc, qu'est-ce qu'on deviendrait si tous les Français se transformaient en intellectuels ?... On finirait par crever de faim. Dans certains métiers déjà, on ne trouve plus d'ouvriers. »

Les rafales du juke-box n'arrivaient plus à dominer les sons des appareils à sous, des soucoupes et des verres choqués brutalement, ainsi que les voix qui se haussaient, et c'est dans le vacarme que Fabre et Jèze, assis aux côtés de l'apprenti, finirent par recueillir la précieuse information.

« Votre censeur, la serrure de sa cave, je suis allé la mettre en place au mois de mars. C'était un matin, pas de bonne heure. Il n'y avait là qu'une rombière vêtue de noir, avec des cheveux blancs tirés en arrière, et qui, pour vous regarder, enlève des drôles de lunettes dont un verre est cassé et une branche raccommodée au chatterton. Au début, j'avais cru comprendre qu'il s'agissait de la mère du client. Mais, d'après la suite, j'ai dû me tromper. C'est plutôt une vieille bonne, devenue de la famille tout en restant combinarde. Quand j'ai posé les deux clefs sur la table de la cuisine, elle m'a demandé : "Vous n'en auriez pas une pour moi ?" J'ai répondu : "Non. Ce serait en supplément." C'était marrant, parce que tout en étant plutôt sourde, elle ne voulait pas que je parle fort. Alors elle m'a emmené dans la cave. Là, on pouvait y aller. Elle m'a montré une bouteille de mousseux et une autre de porto, du chouette, du vieux avec de la poussière. C'était pour me les proposer en échange d'une troisième clef. J'ai accepté. J'ai donc repris comme modèle une de celles que je venais d'apporter en disant : "Si vos patrons vous réclament la seconde, vous n'aurez qu'à répondre qu'elle avait besoin d'un coup de chignole et que je la ramènerai demain." Puis le soir, sur mon petit établi, à la maison, j'ai fait une clef pour la vieille. Elle m'avait bien recommandé pour le jour suivant de ne venir que vers onze heures et de rebrousser chemin si je voyais un pot de fleurs sur la fenêtre. Vous vous rendez compte ! On accuse toujours les jeunes de dévergondage... Et les vieux donc ! Notez qu'à moi, personne ne peut rien me reprocher du moment que la clef, je l'ai faite chez moi. Mon patron, ça ne le regarde pas. »

Le bavard ne présentait plus d'intérêt. Les trois garçons se retrouvèrent vite dans l'avenue de Paris, marchant sur un sol devenu de caoutchouc tant ils étaient soulevés par l'enthousiasme. Flavier, inconsciemment, témoignait son admiration par des gestes, en mettant la main sur l'épaule de Sébastien, en lui prenant le bras.

« Qu'allons-nous faire maintenant ?

— Déjeuner. Nous l'avons bien mérité. Tu viens avec nous, Jèze.

— Sans prévenir ?

— A la maison, ce n'est pas la peine. La table est extensible. Ma mère retient des gens au dernier moment presque tous les jours, des employés, un représentant de brasserie, des clients. De là, tu téléphoneras chez toi.

— D'accord. »

On ne les avait pas attendus. Six convives étaient déjà en place. Les Fabre et trois invités.

« Vous ajouterez trois entrecôtes, Berthe. »

Sébastien occupait le bout de la table entre ses deux amis. La conversation générale roulait sur les difficultés de circulation pour les livraisons.

« Encore ici, à Versailles, vous êtes favorisés. Les voies sont exceptionnelles.

— Mais non ! Ne croyez pas cela. Bien sûr, nous avons l'avenue de Paris qui dépasse cent vingt mètres de largeur, le double des Champs-Élysées. Mais ce n'est pas là que se situe le problème. Nos rues commerçantes sont, comme ailleurs, impraticables pour les camions. »

Ce débat n'intéressait pas les lycéens. Étienne les observait d'un air narquois.

« Je signale que M. Sherlock Holmes, M. Maigret et M. l'inspecteur Lecoq manquent vraiment d'appétit. Ils ont dû absorber trop de sandwiches et de bière cette nuit, durant les interrogatoires. »

Sébastien haussait les épaules.

« Bougre d'idiot !... Maman, il faut que tu m'avances trois cents francs.

— Trois cents francs d'un coup à ton âge... Ah non !

— Maman ! »

Il la regardait bien en face dans les yeux, utilisant ce pouvoir presque discrétionnaire qu'il possédait sur elle et dont il n'abusait jamais.

« Ce n'est pas pour moi, maman, ni pour gâcher. Nous devons faire un cadeau, peut-être deux... des fleurs, des chocolats. C'est très utile.

— Alors... soit. Tu demanderas à la caissière tout à l'heure. Signe un reçu provisoire. Je le parapherai avec le courrier. »

La chambre de Sébastien fut le théâtre d'un débat animé. Il ne faisait pas de doute que le jeune serrurier avait pris pour une servante la mère du censeur, dont le visage était bien connu des garçons habitués à le voir à la fenêtre de sa chambre au premier étage, celle au pot de fleurs. En admettant que ce soit elle qui ait patiemment bâti la cachette en s'éclairant à la bougie, dans quelle intention agissait-elle ? Elle travaillait peut-être pour son fils ?

« Non, disait Sébastien, Caton est blanc comme neige. J'en suis sûr. D'ailleurs, pour opérer de connivence avec les autres, elle n'aurait pas eu à se procurer une clef par des moyens détournés. »

C'était évident. Mais quel diable de motif, alors, avait pu l'animer ! Une mauvaise farce ? Bien sûr que non. Connaissait-elle la mésaventure judiciaire de son fils ? L'aurait-elle provoquée délibérément ? Cela devenait balzacien.

«Tu comprends, Jèze, nous devons aller plus loin. Si tu racontes à ton père ce que nous avons appris et que, par malheur, il envoie le petit inspecteur corse qui m'a interrogé le premier jour, tout sera par terre.

— Tu n'as tout de même pas l'intention de passer tes vacances à jouer au policier ?

— Non. Mais il nous reste une étape. Je crois qu'avant de partir nous avons une chance de tirer d'affaire le grand maroufle.

— Au fait, pourquoi as-tu demandé de l'argent à ta mère ?

— Le père Glorion ne nous laissera pas passer comme ça. Le seul moyen consiste à dire que nous venons prendre des nouvelles de notre censeur bien-aimé. Et nous ferons bien plus sérieux avec un bouquet dans les bras, un grand. Tu as déjà vu ficher à la porte, quelque part, des gens qui se présentent avec des glaïeuls d'un mètre de long. Le plus calé sera de parler à la vieille sans être entendu des autres. Or, il faut absolument l'attirer au-dehors. Je pensais en déjeunant que l'on devrait écrire en gros caractères, sur un cahier, des phrases préparées pour différentes éventualités et lui mettre les unes ou les autres sous le nez avec un crayon pour la réponse. Nous ne ferons pas mal d'apporter des bonbons pour l'apprivoiser. Nous allons nous répartir la tâche. Ils sont trois, mais nous aussi. Michel s'occupera de la femme Werck, il a le physique pour plaire aux dames et nous avons vu ce matin qu'elles commencent à l'intéresser.

— C'est malin.

— Après la scène des lavabos, samedi, il m'incombe de neutraliser Caton. Tiens, Michel, passe-moi le Virgile qui est sur ta droite, je vais choisir une citation latine pour le mettre en condition. »

Le concierge Glorion était déjà parti en vacances dans son Jura natal. Son remplaçant, impressionné par l'air compassé de visiteurs qui se rendaient chez le personnage le plus important de l'établissement, en l'absence du proviseur, se montra presque déférent. L'accueil de Laurence Werck, la femme du censeur, fut en revanche glacé.

« Nous venons rendre visite à M. Werck et prendre de ses nouvelles.

— Comment savez-vous qu'il est malade ?

— Mon frère l'a appris par hasard, avant-hier, chez le docteur Blancard qu'il était allé consulter pour un panaris. »

On ne renvoie quand même pas trois garçons, les cheveux mouillés pour en maintenir l'ordonnance, sérieux, graves même, portant chacun un paquet dans les mains.

« Venez. »

Après les avoir introduits, elle redescendit reprendre son repassage. Le fer était chaud.

La grosse tête devenue jaune reposait sur deux oreillers blancs. Le censeur semblait regarder fixement devant lui une fenêtre bordée de faux doubles rideaux hideux. Son visage exprimait la damnation.

« Vous venez contempler le tyran abattu.

— Comme vous vous trompez, monsieur le censeur. *Non ignora mali, miseris succurrere disco.*

— Ah, vous connaissez l'*Énéide*! Nobles paroles que celles de Didon! Elles m'apportent la preuve de votre sincérité, Fabre. Je vois que vous mesurez les avantages de l'enseignement secondaire et toute la distance qui vous sépare déjà et définitivement du portefaix. Cela, vous le devez au dévouement des enseignants.

— Certainement, monsieur le censeur. Croyez-bien que tous les élèves ne sont pas ingrats. J'aimerais d'ailleurs vous parler seul à seul. Descendez, vous autres, pour que Mme Werck puisse mettre les fleurs au plus tôt dans l'eau fraîche. »

La manœuvre se déroulait correctement.

« Fabre, il est néanmoins de mon devoir, puisque vous êtes imbu d'une certaine culture, de vous révéler l'affligeante découverte que je viens de faire. Contrairement à la conviction qui m'a habité toute ma vie, la fréquentation quotidienne, la pénétration intime des grands philosophes n'apportent pas dans l'adversité le secours décisif qu'on serait en droit d'en attendre. Je me demande comment ils arrivaient, eux, à boire la ciguë ou à s'ouvrir les veines calmement en prononçant des paroles mémorables.

— C'est que vous n'avez pas encore atteint, monsieur, l'âge de la sérénité stoïque. Cette erreur judiciaire dont vous parliez samedi, il faut la dissiper.

— Mon pauvre enfant ! Autant recommander à un alpiniste agonisant au fond d'un ravin de soulever les trois mille tonnes de roche qui lui écrasent la moitié du corps. »

Pendant que Michel descendait l'escalier aussi bruyamment que possible, François Jèze avait réussi, après deux tentatives malheureuses, à pénétrer dans la chambre au pot de fleurs. La vieille dame ravaudait un bas. Fort heureusement, cette intrusion ne lui arracha pas le cri appréhendé. Elle s'empressa seulement de dissimuler son ouvrage.

« Que voulez-vous ? »

Le garçon mit la main sur sa bouche.

« Chut ! »

Et, en même temps, avec un large sourire, il présenta un carton de pâtissier, plein de petits fours, dont il fit vite sauter la ficelle.

« Pourquoi m'offrez-vous cela ?

— Chut ! »

Jèze prenait son cahier, arrachait promptement une page et la tendait à Élisa Werck : « *Nous sommes des élèves du lycée, venus prendre des nouvelles du censeur. Mais nous désirerions vous parler, à vous, au sujet de cette maladie. Il n'est pas souhaitable qu'on nous entende. C'est confidentiel.* »

« Pourquoi ?

— Chut ! »

Il arrachait une nouvelle page.

« *N'ayez pas peur.* »

La recommandation était inutile. Contrairement à ce qu'ils avaient redouté, la vieille dame ne paraissait nullement effrayée. Elle l'exprima clairement en hochant la tête de gauche à droite et en mettant une main sur sa poitrine. Peut-être même souriait-elle à l'idée que ce gamin puisse lui faire peur.

« *Voici un papier et un crayon, pour vous permettre de me répondre silencieusement. Vous ne voulez pas que nous convenions d'un rendez-vous en dehors d'ici afin de pouvoir parler tranquillement ?* »

C'était non. Elle le signifiait simplement du même signe de tête.

« *Connaissez-vous la cause de la maladie de votre fils ?* »

Non, toujours ! Jèze tournait les pages, choisissait.

« *Il est en votre pouvoir de l'aider à se guérir.* »

Voilà qui n'engendrait qu'un haussement d'épaules, signe d'indifférence ou de scepticisme.

Il fallait donc en venir aux grands moyens. Le garçon sauta plusieurs pages du cahier.

« *Votre fils est accusé par la police d'avoir lui-même dissimulé la pendule dans la cave pour toucher une indemnité de la compagnie d'assurances.* »

Enfin, tout changeait ! Le visage d'Élisa Werck exprima brusquement une vive surprise. Il tourna la page.

« *Si vous nous fixez rendez-vous, nous vous fournirons tous les détails.* »

La vieille dame hésitait, réfléchissait. Elle prit le cahier en main pour relire le précédent texte : « *Votre fils est accusé par...* »

Puis, elle se décida pour la première fois à utiliser le crayon.

« *J'accepte. Où ?*

— *Où vous voudrez.*

— *Sur l'avenue de Saint-Cloud, du côté gauche en sortant. Vers la rue de Provence. A la tombée du jour.* »

Une écriture penchée, appliquée, très régulière.

François Jèze reprit le crayon.

« *Vous ne pouvez pas avant ce soir ?*

— *Non. Vers neuf heures.*

— *C'est promis ?*

— *Oui.* »

Un moment après, et pour la deuxième fois dans la même journée, le trio de garçons arpentait en pleine effervescence une rue de Versailles.

« Es-tu sûr qu'elle viendra ?

— Je le crois. Elle a suffisamment réfléchi avant de s'engager.

— Tu es bien certain que la phrase qui l'a décidée c'est : "Votre fils est accusé par la police d'avoir dissimulé la pendule dans la cave" ?

— Absolument.

— Elle n'a pas demandé d'autres explications ?

— Non.

— La coquine ! C'est donc bien elle qui a joué à cache-pendule !

— Tu n'as pas eu besoin de lui révéler que nous savons qu'elle possède une clef de la cave ?

— Non.

— Tant mieux. C'est un argument pour ce soir.

— Dis donc, Jèze, elle se déplace sans difficulté malgré son âge ?

— Je ne l'ai pas vue marcher. Mais tu sais bien qu'elle est descendue à la cave avec le serrurier et elle nous donne rendez-vous à l'extérieur.

— Tout de même, quatorze kilos pour une vieille dame seule, c'est lourd. Quelle impression t'a-t-elle laissée ?

— C'est très curieux, difficile à exprimer.

— Dis-nous !

— Quelle impression ?... Écoutez, elle ne correspond pas du tout au personnage supposé.

— Explique-toi.

— Pas commode... Vous comprenez : la mère

de Caton, on s'attendrait à ce que ce soit un peu lui, en femme et en plus vieux. Alors, si je vous disais que, malgré son âge et des lunettes de romanichelle, elle dégage une sorte de charme.

— Tu sais ce qui te fait parler ainsi, Jèze ?

— Non.

— Tu étais tellement content de réussir ta délicate mission que tu te sens plein de gratitude.

— Ingénieux, mais inexact. Quand elle a enlevé ses lunettes pour me dévisager, je lui ai trouvé de beaux yeux et un regard... intelligent. Vous voulez que je vous raconte quelque chose de complètement con ?

— Pourquoi pas ? On a le temps.

— Le commissaire Jèze et moi, nous sommes assez éloignés l'un de l'autre. Alors, j'ai beaucoup concentré sur ma mère. Je l'aime énormément. Je désire ardemment la garder toute ma vie. Je refuse même d'imaginer qu'un jour je pourrais la perdre. Elle est donc, dans mon esprit, appelée à devenir une très vieille dame. Et la vieillesse n'est pas souvent belle. Il arrive qu'en présence de personnes âgées, je souffre en pensant à ce que sera ma mère plus tard. Eh bien là, ce n'était pas du tout le cas, au contraire. »

La fin d'après-midi fut employée à échafauder des hypothèses, ainsi qu'à des dialogues supposés. Sébastien et Michel affûtaient puis posaient tour à tour les questions susceptibles de provoquer la confession de la coupable, dont François Jèze tenait le rôle, lui qui la connaissait. Mais, quelles que soient les variantes, la botte décisive demeurait : « Nous savons quand et par quel moyen vous vous êtes procuré une clef de la cave. »

Elle arriva d'un pas ferme en retard et s'en excusa.

« Je vous avais dit vers neuf heures, mais le temps est particulièrement clair ce soir.

— La lumière vous gêne, madame ?

— Approchez-vous un peu pour me parler. Il n'est pas nécessaire de crier, au contraire, mais simplement de se placer au bon endroit. Ah ! ce n'est pas mon premier rendez-vous, un soir de juin, avec trois beaux petits gars. C'est le second. La première fois, c'était avant la guerre. Seulement, il y avait parmi eux un blond comme lui, qui m'a empêchée de regarder les autres. »

Elle avait désigné Michel.

« Nous nous sommes mariés quelques années après. Vos parents n'étaient pas encore nés. Et c'est si proche, pourtant. Non, la lumière ne m'incommode pas. C'est simplement que je ne suis pas assez riche pour l'affronter dignement. Cela ne vous intéresse et ne vous concerne nullement. Racontez-moi plutôt votre histoire de croquemitaine. Je ne saurais m'attarder sans augmenter les difficultés de retour.

— Vous savez que M. Werck a déposé une plainte pour un vol de pendule, n'est-ce pas ?

— Oui, je l'ai appris par un inspecteur de police, un noiraud grand faiseur d'embarras.

— Mon frère Étienne, Michel, le petit blond que vous trouvez joli, et moi, nous avons été soupçonnés par la police.

— Ce n'est pas possible. Mais comment ces idiots ont-ils imaginé que vous auriez pu pénétrer dans nos caves ?

— C'était avant que ne soit retrouvée la pendule.

— Je suis navrée pour vous, mes enfants.

— Cela n'est plus grave. La situation a changé du tout au tout. Comme l'objet qu'il prétendait avoir été volé a été retrouvé dissimulé dans sa propre habitation, votre fils est officiellement accusé d'avoir voulu escroquer sa compagnie d'assurances. Il est désespéré et parle de se tuer. Vous ne le saviez vraiment pas ?

— Bien sûr que non. On ne me dit rien. Ma bru ne m'a pas adressé la parole depuis des années. Elle se limite à des messages écrits du genre : "Je vais au marché. Surveillez le fourneau." Quant à lui, il vit dans les nuages et il a peur de sa femme. Enfin, vous êtes sûrs de ce que vous avancez là ?

— Mais oui, madame. Notre ami est d'ailleurs le fils du commissaire de police.

— Ah ! Le jeune homme qui pénètre dans la chambre d'une vieille dame, sans frapper, en brandissant un écriteau : "N'ayez pas peur." Il ferait une drôle de tête, le papa, en apprenant cela ! Qu'est-ce qu'ils sont mignons ! Quand je pense que j'habite au milieu de centaines d'enfants et qu'on m'interdit de leur adresser la parole. Il y a pourtant parmi eux des pensionnaires encore petits qui doivent souvent avoir le cœur gros. Dans notre café-restaurant à Séverin-le-Château, j'en avais qui venaient me voir tous les après-midi. Je leur coupais des tartines. Quand ils étaient bien barbouillés de confiture, je leur lavais la figure. Ils repartaient tout propres et tout contents. Alors, Caton est inculpé d'escroquerie... Ce n'est pas banal, ça !

— Vous connaissez son surnom ?

— J'ai tout de même eu la curiosité de déplier ces boulettes de papier qui atterrissent parfois dans l'appartement.

— Madame, vous n'avez pas l'air émue du malheur de M. Werck.

— De sa mésaventure, vous voulez dire. Le malheur, je l'ai connu dans mon existence. Une invasion, la maladie, puis la mort de mon mari, la faillite et la misère pour finir !

— Mais c'est votre fils !

— Hé oui ! Quand une poule découvre qu'elle a couvé un œuf de cane, elle est toute disposée à ne pas s'en émouvoir, mais c'est le caneton qui lui tourne le dos pour aller dans la mare. Le mien est devenu, en grandissant, un canard extrêmement bête. Dieu sait, pourtant, s'il avait été choyé. Lors de sa naissance, j'ai manqué de mourir. On m'avait transportée à l'hôpital. Peut-être l'infirmière s'est-elle trompée de berceau.

— Nous non plus, nous n'aimons pas notre censeur. Il ne s'appelle pas seulement Caton, mais aussi...

— "Panouille", "Le Bœuf".

— Et "Vir lamentabilis". N'empêche qu'il est

victime d'une injustice. Nous nous sommes promis de ne pas partir en vacances sans avoir démontré son innocence.

— Cela ne sera pas difficile puisque vous avez découvert la responsable et que vous disposez de la plus grande facilité pour en informer le commissaire.

— Sans comprendre le motif, d'ailleurs.

— Mais pour me venger, pardi ! Venez, mes enfants. Accompagnez-moi quelques pas. Il faut absolument que je rentre si je ne veux pas coucher à la belle étoile. Un lit correct, c'est à peu près tout ce qui me reste. Dans mon sommeil, il m'arrive de rêver. J'oublie alors que je suis prisonnière, misérable et vieille. A ce moment-là, rien ne s'oppose à ce que, moi aussi, je croie à la justice et autres billevesées. L'ennui, c'est qu'à mon âge, on ne dort pas tellement. »

Elle marchait entre Sébastien et Michel, une main sur chaque épaule, doucement, comme à regret de quitter ces chaleureuses présences.

« Voilà de bons petits, bien chevaleresques. Panouille les a embêtés toute l'année et ils ne veulent pas s'en aller en vacances avant de l'avoir tiré d'affaire ! Ah vous, le fils du commissaire, écoutez-moi. »

Elle s'arrêta.

« Il faut encore qu'il vous croie, votre père. Tous ces gens de justice ont horreur d'apprendre qu'ils se sont trompés. Vous avez d'abord à leur révéler qu'à l'insu de mon fils et de sa mégère je possède une clef personnelle de la cave. C'est embêtant, parce qu'on va me la reprendre. Tant pis, pour le peu qui reste ! Ils ne manqueront pas également de demander par quel moyen j'ai pu, seule, transporter un pareil poids. Voici comment j'ai procédé. Ayant calé les portes du salon et de la cave afin de les maintenir ouvertes, j'ai passé un drap derrière mon cou, dont j'ai fait glisser chaque extrémité sous deux pieds de la pendule. Après, je l'ai basculée. La charge se trouvait ainsi répartie entre mes bras et mon dos. Il s'en est d'ailleurs fallu de peu que je dégringole l'escalier. Cela ne m'empêcherait pas de recommencer, au cas où ces messieurs de la police me demanderaient une petite reconstitution. D'ailleurs, si je me cassais un bras ou une jambe, on m'enverrait à l'hôpital et vous viendriez me voir. N'est-ce pas ?

— Certainement, madame. Nous sommes désolés. Je suis sûr que mes camarades pensent comme moi. Vous êtes si émouvante. Nous ne voudrions pas vous attirer des ennuis. J'ai envie de tout abandonner.

— Surtout pas. C'est moi qui vous demande de révéler votre découverte. Si vous ne le faisiez pas, j'écrirais moi-même à la police. Ce grand lourdaud, on ne peut tout de même pas le laisser périr de honte. C'est pour cela que je suis venue. Bonsoir, mes enfants. »

Les trois garçons attendirent que se refermât la porte de bois massif. Puis, ils s'en retournèrent en traînant les pieds, victorieux et désemparés.

Chapitre 8

Juillet se terminait. Beaucoup de Versaillais étaient déjà partis en vacances. On circulait facilement dans les rues de la ville. Langlois conduisait néanmoins avec son extrême circonspection habituelle, celle d'un homme qui s'est juré de ne jamais seulement égratigner l'aile d'une voiture appartenant à l'administration. Tout en roulant, il admonestait avec bonhomie sa passagère, Élisa Werck, assise à son côté, toute raide en raison de la position des sièges et des dimensions de la petite Renault, mais surtout de sa révolte intérieure.

« Ce n'est pas malheureux, à votre âge ! A quoi cela vous sert, ma pauvre dame, d'agir ainsi. Si vous refusez une première fois de vous rendre chez le juge d'instruction, il vous convoque à nouveau. La deuxième, il commence à se fâcher et la troisième fois il emploie la force. »

Et de fait, la vieille femme allait sous bonne garde. Un officier de police adjoint, tout jeune, rose et moustachu, se tenait sur la banquette arrière, prêt à l'empêcher de sauter en marche.

« C'est la lutte du pot de terre contre le pot de fer. Vous n'y gagnez rien. »

Arrivé au palais de justice, il l'aida pourtant à ouvrir la portière et à descendre. L'adjoint s'occuperait de garer la voiture.

« Venez par ici... Nous devons monter deux étages. Les escaliers ne vous font pas peur ?

— Non. »

En fait, ne subissant pas, elle, la surcharge d'une quinzaine de kilos de graisse excédentaire, elle montait plutôt mieux que lui.

« Si vous voulez vous asseoir ici, je vais prévenir le juge. »

Il frappa à la porte du cabinet de Masure et, en attendant la réponse, tourna vite la tête en arrière pour veiller à ce que la vieille ne lui fausse pas compagnie.

« Je vous amène Mme Werck, monsieur le juge.

— Faites-la attendre un moment.

— Dois-je rester avec elle ?

— Ah oui ! Ou alors demandez à un garde de la surveiller. »

Le jeune magistrat et son greffier étaient, comme chaque année à la même époque, très affairés, ayant à liquider l'arriéré du cabinet. Malgré cela, il ne pouvait être question de laisser en suspens dans son état cette affaire Werck, rendue plus désagréable encore par sa nouvelle péripétie, l'intervention du personnage jusqu'alors ignoré, la mère du censeur.

Les trois garçons, lorsqu'ils étaient allés ensemble, dès le lendemain matin, raconter au père de Jèze leur entretien sur le trottoir de l'avenue de Saint-Cloud avec Élisa Werck, ainsi que la découverte qui l'avait précédé, loin de recevoir des éloges, avaient vu l'accueil aimable du commissaire se transformer rapidement en gêne, puis en irritation. La présence de son propre fils au milieu du trio de policiers amateurs le plaçait dans une situation détestable. A qui faire croire qu'il n'avait pas bavardé à la maison ? Combien il avait eu tort de ne pas s'appliquer à connaître le motif réel qui avait incité François à différer son départ en vacances ! La première chose à faire, en tout cas, consistait à le conduire le soir même à la gare d'Austerlitz. Quelle que soit la cohue, il demeurerait là le temps nécessaire pour s'assurer, à travers la glace d'un train en marche, du départ de son rejeton. Il les congédia, promettant d'un ton glacial de transmettre aux magistrats concernés une information si extraordinaire qu'il n'était même pas utile de l'accompagner d'expresses réserves, tant celles-ci s'imposaient d'elles-mêmes. Mais ensuite, que faire ? Le commissaire, après réflexion, adopta la formule qui lui paraissait la plus habile. Il convoqua les officiers de police Langlois et Filippi pour leur donner une mission précise. Aller trouver la mère du censeur et tenter, sans aucune allusion au récit des adolescents, de lui arracher une déclaration. Le prétexte serait que Filippi, le 28 juin, dans sa hâte, n'avait pas accompli son travail dans les règles. Il s'agirait donc en apparence de lui éviter une réprimande de ses supérieurs. Bien entendu, les deux policiers recevaient en même temps la consigne impérative de ne pas dire, eux, un mot du peu qu'ils savaient de l'affaire. Le succès avait été complet. Élisa, qui s'attendait à la visite du policier, avait très facilement raconté, avec les détails en plus, ce qu'elle avait confié aux adolescents. Sa déposition, bien complète cette fois, paraphée et signée comme il convenait, apparut probante et embarrassante. Car, si la vieille dame ne mentait pas, l'inculpation du censeur pour escroquerie allait faire figure de décision bien fâcheuse.

Une première convocation fut d'abord adressée à Mme Élisa Werck par pli ordinaire, puis une deuxième, sans que personne se présentât. Le troisième imprimé, envoyé en recommandé, portait dans sa partie inférieure des mentions soulignées à l'encre rouge : « Présence indispensable — Dernier avis. » Il n'entraîna pas de résultat meilleur. Le mandat d'amener constituait la quatrième étape.

En apprenant la présence dans l'antichambre de la vieille dame, le juge se mit à relire ses deux dépositions puis, sourcils froncés, les commentaires du Juris-classeur Pénal sur les articles 222 à 225. Jarillot fit mine d'utiliser ce répit pour sortir, les bras chargés d'un dossier.

« Je pense que vous n'aurez pas besoin de moi dans l'immédiat.

— Hé si ! Cette vieille dame s'est moquée de la Justice. Nous allons lui signifier une inculpation pour outrages. Je n'ai pas l'intention de faire traîner cette affaire. Vous descendrez au Parquet tout à l'heure. Introduisez plutôt la personne. »

Élisa apparut, un peu éberluée, mais bien droite. Elle tenait dans les mains une chemise cartonnée fermée par un élastique rouge.

« Asseyez-vous, madame. »

Le ton était bourru, autant que faire se peut. Le juge désignait un fauteuil face à son bureau, mais elle préféra un emplacement sur sa gauche.

« J'ai une mauvaise oreille. Pour vous entendre convenablement, je serai mieux placée ici.

— Soit. Monsieur le greffier, voulez-vous déplacer un fauteuil. »

Elle prit place.

« Vous m'entendez bien comme cela ? »

Pour écouter, elle se mit de profil, puis retourna aussitôt la tête vers son interlocuteur.

« Oui, monsieur... monsieur le juge. Du moment que vous ne parlez pas trop vite, il n'est pas nécessaire de forcer la voix.

— Enfin, madame, pourquoi n'avez-vous pas répondu à mes convocations ?

— Je n'étais pas en mesure de sortir.

— Dans ce cas, on envoie un certificat médical.

— Je ne suis pas malade.

— Alors qu'entendez-vous par n'être pas en mesure de sortir ? On ne vous garde pas prisonnière dans le lycée ?

— Si, en quelque sorte. »

Il commençait à songer qu'après tout, cela entrait dans l'ordre des choses que la mère fût aussi extravagante que le fils. Cependant, elle observait à la dérobée le visage du juge qui, progressivement, lui inspirait confiance. L'intuition faisant le reste, elle livra d'un coup ce qui lui coûtait le plus à confesser.

« Je ne dispose plus de vêtements décents. »

Puisque c'était dit, elle leva les yeux et Masure découvrit un beau visage tout ridé, qui resplendissait de sensibilité.

« C'est pour une question de coquetterie que vous m'avez obligé à vous faire venir ici entre deux policiers !

— Oh non, monsieur le juge, il ne s'agit pas de cela. Depuis plus de quarante ans, la coquetterie serait ridicule chez moi. Non, dans ma famille nous sommes fiers. Mon père était un simple forgeron. Mais le dimanche on ne le distinguait pas d'un monsieur. Et quand, par hasard, nous allions dîner chez des parents ou des amis, nous apportions toujours plus que notre écot. J'admets qu'il n'y a pas de honte à être vêtue comme une pauvresse, mais je ne peux pas le supporter en public. C'est plus fort que moi. Alors je ne sors plus. »

Malgré lui, Masure jetait un regard vers les vêtements de la vieille dame auxquels il n'avait pas prêté attention. De fait, sa robe ne tenait que par des rafistolages, certains effectués avec des fils de couleurs différentes. Elle portait en plein mois de juillet des gants de laine tout raccommodés. Il aperçut un bout de soulier en partie déchiqueté et se sentit gêné.

« Vous ne disposez que de faibles ressources ?

— Exclusivement l'allocation aux économiquement faibles. Depuis douze ans, la femme de mon fils me la prend intégralement.

— Je croyais pourtant que ce subside est versé par mandat directement au bénéficiaire.

— C'est exact. Mais la femme de mon fils se tient là, quand je reçois cette petite somme, avec le cahier sur lequel elle comptabilise tout ce qu'elle estime que je lui coûte en nourriture, blanchissage et électricité. Cela dépasse, paraît-il, le montant de l'allocation. C'est possible. Quoi qu'il en soit, je préfère ne pas discuter. Je donne quittance au facteur. Je laisse l'argent sur la table de la cuisine et je remonte dans ma chambre. Il ne doit pas y avoir à Versailles, ni même peut-être à Paris, une autre personne, les fous exceptés, qui n'a pas eu dans les mains une pièce de monnaie à soi depuis tant d'années. »

Et à nouveau, comme un phare soudain balaie la mer, elle lui lança un regard lumineux. D'ailleurs, elle s'apprivoisait au point de rapprocher elle-même son fauteuil du bureau.

« Enfin, madame, comment en êtes-vous arrivée là ? Votre fils possède une situation assez importante.

— Oui, mais il est plutôt lamentable, mon fils. Sa femme, elle, est féroce. Et puis il y a mon double déshonneur, la faillite et la cirrhose qu'on me fait payer. Ajoutez que la femme de mon fils estime qu'à mon âge on doit être assez heureux d'être encore vivant pour s'en contenter. Je ne veux pas vous raconter ma vie.

— Pas toute, parce que j'ai beaucoup de travail, mais en résumé, s'il vous plaît. J'ai besoin de comprendre.

— Nous sommes de l'Est, de Champenois, en Moselle. Je me suis mariée avec un fils d'agriculteur. J'avais, moi, un brevet élémentaire. Lui n'aimait pas la culture. Aussi, après quatre années chez ses parents, avons-nous acheté un petit débit de boissons sur la nationale 3, complété ensuite par une salle de restaurant. Nous sommes restés là quarante ans. Nos affaires marchaient bien. Nous avions deux servantes et une pompe à essence. Mon mari était un être merveilleux, le cœur sur la main. Il aimait les bêtes et les hommes. Jamais un pauvre diable n'est passé devant notre porte sans recevoir quelque chose. Beaucoup venaient exprès. Comme tous ceux qui ont le cœur chaleureux, il aimait bien trinquer avec les camarades. Et les clients étaient vite transformés en copains. Il n'avait même pas besoin de dire un mot. Dès qu'il apparaissait, avec sa grosse figure toute large et ses yeux qui riaient tout seuls, on l'aimait, les hommes au moins autant que les femmes ; d'autant plus que c'était un costaud. Alors vous comprenez, un grand gars assez fort pour casser les autres en deux, mais doux comme un agneau et qui sourit à longueur de journée, s'il en avait des amis ! Mon fils, nous l'avons bien gâté, forcément. Mais il ne s'est pas attaché à nous. Il rejetait l'atmosphère de la maison, détestait l'odeur de café-restaurant. A douze ans, il nous lisait à haute voix des livres de morale et c'est lui qui a exigé d'être pensionnaire au lycée. Nous ne voulions pas. Mon Boniface en a pleuré. Pendant plusieurs années, nous avons fermé notre maison tous les dimanches, la meilleure journée pourtant, afin d'aller la passer avec lui, à Metz. Mais rien ne pouvait l'empêcher de s'éloigner de nous. Et cela est devenu bien pis après son mariage avec la quatrième fille d'un agrégé. Il s'est mis à avoir honte de ses parents, non parce que nous étions des gens modestes, mais en raison de notre profession ; servir à boire, c'est un métier que le jeune ménage jugeait presque aussi dégradant que de tenir une maison de femmes. Moi, j'avais fini par en prendre mon parti. L'affection ne peut être indéfiniment à sens unique. Même un chien se lasse à la longue. Mais son père me faisait écrire tous les mois. Nous ne recevions de réponse qu'au premier janvier, toujours les trois mêmes phrases. Les années ont passé. Nous étions quand même bien heureux. Nous vivions. Mais il y a treize ans, nous avons reçu au mois de mars une mauvaise nouvelle. Des employés des ponts et chaussées, venus déjeuner plusieurs fois de suite dans notre restaurant, ont fini par nous apprendre qu'ils étaient là pour réaliser une déviation de la route. Deux mois plus tard, ce fut la catastrophe. Mon mari avait une cirrhose du foie. Bien sûr, ce n'était pas seulement à cause de ce coup dur. Il buvait trop depuis si longtemps. Mais la contrariété n'a rien arrangé. Je l'ai soigné de toutes mes forces nuit et jour. Le commerce en a évidemment souffert. J'ai aussi dépensé beaucoup et sans même qu'il s'en rende compte. Comme l'on m'avait dit qu'une clinique de Berne pratiquait un traitement américain susceptible de le sauver, nous y sommes allés en ambulance. C'est dans un fourgon mortuaire que nous sommes revenus six semaines après. J'avais en quelques mois englouti nos économies, l'argent des impôts et le crédit des fournisseurs. La route, elle, nous avait quittés et du coup le fonds ne valait presque rien. Le pauvre Boniface Werck, l'homme le plus aimé du pays, n'était pas au cimetière depuis deux mois que le journal publiait sa faillite. Les scellés ont été mis. Plus tard, tout a été vendu aux enchères, sauf les meubles que j'avais reçus ou hérités de mes parents, parce que nous étions mariés sous un régime matrimonial qui excluait de la communauté les biens en provenance de ma famille. Des voisins m'ont abritée. J'étais mal en point, vous comprenez. Moi qui n'avais jamais été malade de ma vie, je suis restée plusieurs semaines alitée. C'est à ce moment-là que mon fils et sa femme sont arrivés. Ils avaient reçu plus de vingt lettres de gens du village à mon sujet, sans que je sois au courant, bien entendu. C'était pour m'offrir d'aller habiter chez eux au lycée de Versailles. Je ne voulais pas. Être à la charge des autres est déjà très dur quand on est fière, mais de quelqu'un qui ne vous aime

153

pas, c'est pis ! Seulement, ils ont insisté en disant que notre faillite allait nuire à sa carrière universitaire et que j'avais le devoir de ne pas accroître le dommage déjà causé en donnant le spectacle d'une vieille femme abandonnée à la charité publique. Pour me persuader, ma bru arrivait presque à parler avec la voix d'un être humain. Affaiblie physiquement et moralement, j'avais alors l'impression de ne pas être appelée à vivre bien longtemps. Aussi, sans me faire beaucoup d'illusions, j'ai fini par accepter. Vieille bête que j'étais ! Si j'avais su ce qui m'attendait réellement, je me serais placée comme servante dans une auberge, ne serait-ce que contre ma nourriture, un réduit où dormir et quelques vêtements décents. Pour ce qui est des conditions matérielles de vie, j'aurais été bien mieux. Car cette femme est d'une avarice maladive. Elle tourne des heures au marché pour économiser quelques sous. Sa table ressemble à celle des plus malheureux sous l'Occupation, durant la dernière guerre. Dès mon arrivée, elle congédia la femme qui venait assurer les gros travaux ménagers. Je la remplaçai sans disposer de ces produits d'entretien qui rendent la besogne plus aisée et que j'avais, moi, toujours octroyés largement à mes bonnes. Mais tout cela n'aurait rien été, monsieur le juge, rien, rien, vous m'entendez, sans la torture morale ! »

Sous le front plissé, ses yeux brillaient d'indignation.

« Car, à ses yeux, je devais vivre dans la

honte. Le malheur qui venait de me frapper, elle m'en rendait responsable et me le reprochait tous les jours. A force de subir ses attaques, tantôt insidieuses, tantôt directes, j'avais l'impression de porter sur le front deux stigmates infamants : la cirrhose et la faillite.

— Votre fils ne vous a pas défendue ?

— Si, un peu, à sa manière, sans efficacité. Il citait de belles phrases de Gandhi et les autres sur la tolérance. Elle s'en moque bien ! La première année, je suis partie trois fois. J'errais dans la ville comme un enfant qui fait une fugue. J'ai passé une nuit dehors et attrapé une congestion pulmonaire. Pour m'empêcher de me sauver à nouveau, ils ont confisqué mes chaussures. J'ai vécu des mois en pantoufles. »

Jarillot attendait toujours, une feuille de papier immaculée sur sa machine. Mais il avait tourné à demi sa chaise pour voir. Masure, le menton dans la main gauche, écoutait attentivement. Son regard à un moment tomba sur les feuilles du Juris-classeur Pénal : « Outrages envers les magistrats, jurés, les officiers ministériels et les commandants et agents de la force publique », par P.A. Pageaud, docteur en droit, substitut au Tribunal de la Seine. Il fit la moue.

« Au bout d'un an, elle s'est lassée. Elle a cessé de m'adresser la parole. Parce que je demandais parfois qu'on répète un mot, elle a déclaré que j'étais complètement sourde. Vous voyez bien que ce n'est pas vrai. D'ailleurs, ce que j'ai à l'oreille n'est pas grand-chose. D'après le médecin du lycée, avec un petit appareil, j'entendrais comme à trente ans. Un appareil qui coûte cinq cent mille francs ! Vous pensez ! Depuis douze ans environ, elle ne me parle que par l'intermédiaire de mon fils, ou bien elle dépose des petits mots sur le buffet de la cuisine. Il s'agit d'ailleurs exclusivement de consignes ménagères. Voilà.

— J'ai sous les yeux la déclaration que vous avez faite le 5 juillet à un officier de police. Vous confessez, avec beaucoup de détails, la dissimulation de la pendule dans la cave de l'appartement, sans toutefois fournir le moindre éclaircissement sur votre motif d'agir.

— Si vous croyez que ces deux policiers me plaisaient suffisamment pour que je leur raconte mes tristes secrets...

— Bon. Tout cela ne m'explique pas dans quelle intention vous avez pris la peine de transporter et de cacher la pendule de votre fils. Était-ce pour attirer l'attention publique sur vos conditions de vie ?

— Oh non ! Je n'ai pas songé à cela. Que voulez-vous que les gens puissent faire pour moi ? Je n'ai pas envie de changer de misère en allant à l'hospice.

— Alors, pourquoi ce coup de tête ? Pour vous venger ?

— Oui. Quand on est sans défense, privée de tout, y compris de liberté, et que l'on rumine de sombres pensées dix-neuf heures sur vingt-quatre, on en arrive à la longue à des gestes assez misérables. C'était certainement un peu mesquin. Mais vous ne croyez pas que tous les prisonniers se vengent comme ils peuvent ? Mon fils m'ignore. En revanche, il passe ses soirées à considérer ma pendule comme un être humain. Je la lui ai reprise.

— Vous dites "ma pendule". Cet objet d'art appartient à M. Werck.

— Ah non, pas tant que je suis vivante !

— Pourtant, aussi bien dans sa plainte que dans ses dépositions, M. Werck prend la position de propriétaire de l'objet.

— C'est parce qu'il anticipe sur mon pauvre héritage, composé de quatre meubles, d'affreuses nippes et de cette vieille machine.

— Ce que vous dites là, madame, est de première importance.

— Je crois bien. C'est mon droit, n'est-ce pas, de mettre où je veux un objet qui est à moi. Je savais bien que nous en viendrions là. Aussi, je vous ai apporté mon contrat de mariage. »

Elle fit glisser l'élastique tendu autour de la chemise de carton qu'elle tenait à la main.

« Le voici. Nous avions dans le pays un brave notaire qui s'occupait des affaires de toutes les familles. On ne vendait pas une vache sans le consulter. »

Elle lui remit des documents secs et jaunis.

« Mais enfin, si cette pendule est à vous, rien ne vous empêchait, pour en retirer la jouissance à votre fils, de la transporter dans votre chambre.

— Au contraire, tout ! D'abord, je n'aurais pas été assez forte pour monter un escalier en la portant. J'ai déjà eu bien de la peine à descendre en risquant de me rompre les os. Et puis, dans ma chambre, ils l'auraient trouvée. Ils me l'auraient reprise. Je n'aurais rien gagné, si ce n'est de l'entendre, elle, recommencer à vociférer, et pendant des semaines ! Voyez-vous, monsieur le juge, les opprimés, qu'il s'agisse de peuples entiers ou d'individus, ne disposent que d'une arme, la dissimulation. Ce n'était pas dans mon caractère, je vous assure. Mais en douze années, l'âge aidant, on s'y fait. »

Le juge parcourait le contrat.

« L'objet provient de vos grands-parents paternels.

— Oui. Durant mon enfance, la pendule se trouvait dans la grande salle. Mais elle ne fonctionnait plus. C'est pourquoi, un beau jour, elle a été envoyée au grenier et remplacée par une machine à coudre. Quand je me suis mariée, j'ai demandé qu'elle fasse partie de ma dot. Nous n'avions pas beaucoup de meubles et cela me permettait de garnir et d'orner un pan de mur. Grâce à un simple réveil de bazar posé dessus, c'était quand même vers la pendule que l'on se tournait pour connaître l'heure.

— Vous n'avez pas idée de l'origine de cette machine ancienne avant vos grands-parents ?

— Que non ! Les vieilleries ne manquaient pas dans les fermes en ce temps-là. Nous avions aussi un bel harmonium qui a été donné à mon frère. Car j'avais un frère. S'il vivait encore, je ne serais jamais tombée si bas. »

Masure avait reposé les papiers qu'il venait de lire. Il tapotait la table, prenait une cigarette.

« Le tabac ne vous gêne pas ?

— Au contraire ! J'ai passé le meilleur de ma vie au milieu de la fumée. L'ambiance était plus chaude que dans cette prison privée où je finis mes jours.

— A propos, M. Werck m'a confié que son épouse est obligée de tenir ses bouteilles sous clef pour les préserver de votre convoitise. Est-ce vrai ?

— Oui. Elle ne serre pas seulement les bouteilles, mais tout. Elle ne tolérait pas que je me fasse une tasse de café au milieu de la matinée et un petit vin sucré le soir avant d'aller au lit. J'ai réussi à m'arranger avec un garçon livreur pour troquer les bouteilles de porto contre un peu de sucre et de café que je cache dans ma chambre. Quant aux vins bouchés, je les ai bus presque entièrement. Il y en avait beaucoup pourtant, et deux bouteilles par mois ce n'est pas grand-chose, mais avec les années... Reste du mousseux, mais j'ai évité d'y toucher car ils en consomment parfois. Vous voyez, ç'était de toute manière fini de mes petits plaisirs.

— Je ne crois pas, madame. J'ai au contraire... »

Il caressait le vieux document resté sur son bureau.

« ... l'impression que café matinal et petit vin sucré sont désormais solidement assurés. Je vous dirai comment tout à l'heure. Expliquez-moi auparavant quelque chose encore. L'allocation que vous touchez chaque mois est bien à vous. Nul n'a le droit de vous la prendre. Cette somme, aussi modeste soit-elle, vous aurait permis d'acheter du sucre, du café et deux bouteilles de vin, ainsi que, parfois, l'un de ces vêtements neufs dont la privation vous touche si durement.

— Oui, mais dans ce cas, j'aurais été à la charge de mon fils et de son affreuse femme. Je suis trop fière pour l'accepter.

— Et vous avez préféré vider leur cave petit à petit ?

— Et comment ! C'était peut-être du vol, mais je n'étais pas humiliée. Pendant la guerre, il y avait quelques polichinelles qui mendiaient auprès des Allemands. Les autres, ceux qui pour rien au monde n'auraient tendu la main, croyez-vous que des scrupules les arrêtaient s'ils rencontraient, la nuit, une occasion de s'emparer d'un bien de l'occupant ? Pour qui n'a jamais vécu en captivité, cela doit être assez difficile à comprendre.

— Non. »

Il regarda sa montre, puis ses yeux se posèrent sur le greffier toujours inactif, longtemps après s'être entendu refuser un quart d'heure d'absence.

« Au fond, monsieur Jarillot, vous pouviez bien descendre au Parquet. Faites-le donc, mais sans vous attarder, n'est-ce pas ?

— Merci, monsieur le juge. »

On aurait dit qu'il partait à regret.

« Non, ce n'est pas difficile à comprendre. De

160

toute façon, la Justice ne saurait s'intéresser au sort que vous avez fait à la réserve de vin et de porto de M. Werck. Seulement, je devrais vous poursuivre pour autre chose.

— Et pour quoi ?

— Pour vous être moquée de nous. »

La sévérité du propos était démentie par le ton de la voix, plein de bienveillance, presque de tendresse.

« Cette fameuse pendule, chère madame, vous appartient d'évidence. Personne ne saurait le contester, à supposer même qu'il soit soudain établi que pour vous la remettre en dot voici plus d'un demi-siècle, vos parents étaient allés tout droit la voler à la préfecture ou au musée de Metz. A ce propos, reprenez vos papiers et ne les égarez pas. Ils vous seront très utiles. Vous aviez donc parfaitement le droit de la mettre à la cave, tout comme celui de la faire transformer en poste de radio. C'eût été fort regrettable d'ailleurs. Ce qui, en revanche, vous était interdit, c'est d'avoir laissé les malheureux policiers retourner le lycée de fond en comble à la poursuite de l'objet que vous aviez dissimulé. Nous sommes là dans le cadre des articles 222 à 225 du Code pénal. Outrages envers les agents de la Force publique.

— Ce qui veut dire ?

— Oh ! rien... Seulement, si vous ne nous aviez pas égarés, je n'aurais pas accusé votre fils d'un délit qu'il n'a pas commis. Ce serait plus agréable pour moi et pour lui.

— Il en fait une jaunisse.

— Vous voyez. Enfin, j'aurai dans les quatre jours qui restent avant mon départ tout le temps de faire signer son non-lieu. Il serait quand même malvenu à se plaindre trop fort, car ce que vous avez subi chez lui n'est pas loin de la séquestration. Et puis... et puis... votre insolite geste de révolte a certes fait perdre du temps à beaucoup de gens, mais si vous ne l'aviez pas accompli, vous ne seriez pas ici aujourd'hui et ce serait grand dommage.

— Grand dommage pour qui ?

— Pour vous. Cette pendule, qui est bien à vous tant que vous êtes vivante, comme vous disiez tout à l'heure, et vous me paraissez très vivante, quelle est à votre avis sa valeur ?

— Je pense qu'elle vaut trois fois rien. Pour la faire fonctionner, il faut déranger deux fois par an un spécialiste.

— Pourtant, il s'agit d'un objet d'art. Vous ne le saviez pas ?

— Je l'ai toujours trouvée belle, puisque je l'ai préférée quand j'étais jeune à des choses plus utiles, mais je n'ai pas de connaissances artistiques.

— Sapristi, des gens de toutes sortes devaient fréquenter votre restaurant. Jamais personne n'a attiré votre attention sur l'ancienneté de cette machine ?

— Elle était placée dans notre chambre où les clients n'entraient évidemment pas.

— Puis-je vous annoncer sans ménagement particulier une nouvelle susceptible de vous secouer un peu ?

— Oui, monsieur.

— Vous vous sentez assez solide pour supporter un petit choc ?

— Certainement.

— Bien. Vous êtes riche.

— Moi, Élisa Werck ! »

Elle sortait de leur cachette et montrait ses manches effilochées.

« Vous, Élisa Werck.

— Ce serait ma pendule qui aurait de la valeur ? »

Il hocha la tête affirmativement.

« Dire que nous avons bien failli nous briser ensemble dans l'escalier de la cave ! Et c'est encore heureux que les inspecteurs de police l'aient découverte avant qu'elle ne soit pourrie. Combien pourrais-je la vendre ?

— Très cher.

— Des dizaines ou des centaines de milliers de francs ?

— Vous parlez d'anciens francs ?

— Pour sûr ! Les nouveaux, je ne les connais pas.

— Alors beaucoup plus.

— Quoi, un million ?

— Bien davantage.

— Vous me mentez, monsieur le juge !

— On ne parle pas ainsi à un magistrat, surtout devant son greffier. »

Effectivement, Jarillot, qui venait de rentrer, se réinstallait devant sa machine.

« Je vous demande pardon. Mais il faut comprendre que mes grands-parents, de chez qui provient la pendule, étaient de simples cultivateurs. Comment voudriez-vous qu'ils aient possédé un objet d'une valeur aussi considérable !

— Vous savez, madame, ce n'est pas la première fois que l'on découvre un trésor à l'endroit le plus inattendu. Les précédents sont nombreux, qu'il s'agisse de tableaux de grands maîtres ou tout bonnement de pièces d'or. Il se trouve que vous avez reçu en dot un bien d'une valeur effectivement considérable, dont il serait vain de rechercher l'origine avant votre mariage. En tout cas, cela ne peut intéresser que les experts. Celui qui a examiné votre machine, un homme extrêmement sérieux, l'estime à cent millions d'anciens francs !

— Mon Dieu ! »

Elle se figea d'un coup et se tint toute raide, la bouche entrouverte. Puis des larmes commencèrent à glisser sans un sanglot sur les joues ridées.

« Ah, j'avais bien dit que je ne voulais pas vous causer une trop grosse émotion. »

Elle fit un signe de dénégation. Son souffle revenait, d'ailleurs.

« Ce n'est rien. Je pense à mon pauvre Boniface au cimetière là-bas, failli pour bien moins ! Je pourrais donc tout payer ! On le réhabiliterait ! Et moi qui depuis si longtemps vis avec l'estomac serré par la faim ! Quelle absurdité ce serait d'avoir gâché douze années de bonne santé en possédant des millions !

— Vous allez vous rattraper dans les douze prochaines années.

— Croyez-vous ? J'ai soixante-dix-sept ans.

— Les années d'abstinence ne comptent pas. Je n'ai plus rien à vous apprendre. Vous allez maintenant me laisser travailler.

— Mais que dois-je faire pour vendre ma pendule ?

— Moi, je suis juge d'instruction.

— Je ne peux tout de même pas la proposer à un horloger de quartier.

— Effectivement, non. Allez donc voir l'expert. Je vais vous donner son adresse. »

Il ouvrit le dossier, feuilleta les documents.

« Villognon-Marois. 137, boulevard Malesherbes à Paris. Avez-vous ce qu'il faut pour noter ?

— Je ne crois pas. »

Elle mit pourtant ses affreuses lunettes grossièrement raccommodées. Une résurgence de compassion envahit Masure.

« Je vais le faire pour vous. »

Il prit un papier, écrivit, le lui tendit. Elle relut attentivement.

« C'est lui qui prétend que ma pendule vaut trente millions ?

— Non, cent.

— Mon Dieu !

— Ne recommencez pas à pleurer. D'abord, ce n'est qu'une estimation.

— Il faut que j'aille le voir tout de suite. Pourvu qu'il ne soit pas en voyage ! Vous ne voulez pas lui téléphoner ?

— Ce n'est tout de même pas le rôle d'un magistrat ! »

Il s'était cependant baissé pour prendre un annuaire dont il tournait les pages.

« Villognon-Marois — boulevard Malesherbes — 49.24.03.84. Voulez-vous composer ce numéro, monsieur Jarillot.

— Je vous remercie.

— Si ce monsieur est là, demandez-lui quand il pourrait recevoir la mère de M. Werck, censeur au lycée de Versailles, la véritable propriétaire de la pendule ancienne qu'il a expertisée. »

L'expert était chez lui. Mais il voulait savoir qui téléphonait et pourquoi. Finalement, Élisa prit l'appareil et obtint un rendez-vous dans l'heure.

« Merci encore, monsieur le juge. Vous êtes très bon pour moi. Mais comment vais-je y aller ?

— Prenez le train et à Paris un taxi.

— Je n'ai pas un sou. Est-ce que les policiers qui m'ont amenée ici ne pourraient pas me conduire avec leur petite voiture ?

— Ah non ! D'abord, ils sont partis et ce n'est pas leur métier.

— Comment vais-je faire ?

— Vous avez besoin d'environ cinquante francs pour aller, autant pour revenir. »

Le juge Masure regarda ses doigts, puis son greffier en chemise verte. Enfin, il tira de la poche de son pantalon son portefeuille, en sortit un billet.

« Tenez... »

Puis un autre...

« Prenez aussi celui-là, par sécurité, car je ne connais pas bien le prix des taxis. »

Après le départ de la vieille dame, Jarillot lança goguenard :

« Alors, on ne l'inculpe pas, cette personne ? »

Et il tourna le rouleau de sa machine pour en retirer la feuille restée blanche.

Chapitre 9

« C'est Barlow, un Anglais, qui inventa la
montre à répétition, en 1776. Du coup, le rôle
de l'horlogerie anglaise fut dominant durant
plus d'un siècle. Celle-ci a été fabriquée à
Birmingham vers 1780. C'est vous dire qu'elle
n'a pas été commandée par l'impératrice des
Français. Toutefois, il est établi qu'elle fut
effectivement la propriété de Joséphine de
Beauharnais. »

Toujours disert et aimable, Villognon-Marois
se montrait plus souriant encore qu'à l'accoutumée. C'est qu'il parlait à deux très attirantes
jeunes femmes. En fait, il n'avait qu'une inter-
locutrice, car la fille au chignon n'avait pas
ouvert la bouche. Son regard gris, après s'être
posé sur le petit cadran incrusté de diamants,
parcourait avec indifférence la grande salle
encore presque déserte du Palais Galliera, les
murs sans couleur, les rangées de chaises,
l'estrade. Brunie, elle était encore plus belle
qu'à Versailles, après un long séjour dans le
Midi durant lequel elle n'avait suivi que son
caprice, tantôt acceptant tout naturellement

l'offre formulée par un inconnu, voisin de table dans un restaurant de Saint-Tropez, de partir dès le lendemain en croisière sur un yacht de vingt-cinq mètres, tantôt mettant fin à une amourette, sans un mot. On l'avait vue, toujours flanquée de sa suivante, ballottée dans un car de la ligne de Saint-Raphaël, au milieu du petit monde de la Provence. A Cannes, c'étaient des voitures luxueuses qu'arrêtaient à leur hauteur des automobilistes trop peu confiants en eux-mêmes pour oser se présenter sans l'environnement de douze cents kilos de fonte, de tôle, de cuir et de chrome. Elles avaient appris à marcher pieds nus, à jouer à la pétanque. De retour à Paris, elles songeaient vaguement à retourner dans leur pays. Dans ce cas, ce serait un joli souvenir de vacances que cette montre de la première femme de Napoléon Ier qu'on allait vendre aux enchères ce jour-là. Elles étaient venues se renseigner. On les avait dirigées sur l'expert.

« Mais je suis à votre disposition. C'est mon rôle de renseigner les amateurs et de leur communiquer mon pronostic sur le montant possible de l'adjudication des objets qui les intéressent. Je commets souvent des erreurs, bien entendu. Un expert est un homme qui se trompe plus que les autres. Enfin... disons cent mille francs environ.

— Des petits francs ?

— Ah non. Vous êtes allemandes, je suppose. Comptez un peu plus de trente mille marks. »

Un cri, puis un rire gêné de la traductrice,

une petite moue de la fille au chignon, signifiaient clairement que les héritiers Labroye n'avaient pas à compter sur ces demoiselles pour faire monter les enchères.

« Merci, monsieur.

— Oh, vous allez partir ! Comme c'est dommage ! Avez-vous déjà assisté à une vente publique ? C'est un spectacle intéressant. »

Il avait réussi à provoquer un bref conciliabule, une hésitation. Mais finalement, c'était non.

« Mon amie ne désire. Comme elle ne parle pas français, elle ne s'amuserait. Nous irons visiter le Salon de l'Automobile.

— Je suis désolé. Vous êtes si ravissantes. J'aurais aimé vous installer au premier rang. Toute la salle s'en serait trouvée embellie.

— Vous êtes très gentil, monsieur, surtout pour un expert. En Allemagne, les experts sont très fiers. Mais c'est impossible, mon amie n'est pas consentante.

— Quel dommage ! Et si nous dînions ensemble ? Attendez... Ne répondez pas trop vite. Écoutez-moi d'abord. Je suis bien trop âgé pour vous importuner. Je ne cherche que le plaisir des yeux. Nous pourrions passer une soirée amusante ; commencer par aller manger des huîtres, puis visiter le vieux Montmartre où existent encore des cabarets très anciens.

— Il faut que je traduise, n'est-ce pas ? »

L'offre était prise en considération. Elle donna lieu à discussions. Des huîtres, ce n'était pas une mauvaise idée, compte tenu de la saison.

Le vieux Montmartre, c'est un fait qu'elles ne le connaissaient pas. Quand Villognon-Marois vit les deux chevelures disparaître parmi la foule déjà dense installée dans le vestibule qui précède la grande salle, il tenait son rendez-vous pour huit heures chez Lasserre, avenue Franklin-Roosevelt.

Élisa Werck descendait à pied l'avenue d'Iéna. Son aspect différait grandement de celui de la malheureuse qui, trois mois auparavant, s'interdisait quelques pas dans la rue avant le crépuscule. Pour environ quatre mille francs, elle avait acquis à la Samaritaine tous les éléments d'une tenue décente. Il avait suffi au coiffeur d'un rinçage pour harmoniser la chevelure blanche qui, sous ses reflets légèrement bleutés, dissimulait un appareil de fabrication japonaise grâce auquel elle entendait à merveille. Elle possédait des lunettes à double foyer avec monture en matière moulée, qui lui permettaient de voir de loin comme de près et de lire sans fatigue. Aussi utilisait-elle largement son abonnement chez un libraire de la rue des Poissonniers. A son bonheur manquait un compagnon de tous les instants, un chien. Mais il n'était pas permis d'en amener dans la petite pension de famille de Neuilly où elle vivait convenablement pour quatre cents francs par jour, tout compris. D'ailleurs, tant qu'il faisait encore beau, elle pouvait passer ses après-midi au Jardin d'Acclimatation, auprès des bêtes et des enfants. Mais tout ce bien-être provenait de la somme que Villognon-Marois lui avait avancée spontanément le 27 juillet. L'expert l'avait d'emblée prise sous sa protection. En faveur d'une femme qui aurait pu être sa mère, ce célibataire galant avait fait autant que pour une conquête, par amour des beaux gestes. Il était, certes, satisfait de vendre la pendule, mais le sauvetage le passionnait.

« Dire que si, au mois de mai, je ne m'étais pas arrêté dans cette sorte de caserne qui sent le chou-rave et la sciure mouillée, où l'on a osé me proposer ce pipi de chat baptisé "mousseux", vous finissiez vos jours dans la détresse, à côté d'un trésor ! Une fois dans ma vie, j'aurai donc servi à quelque chose d'utile. »

Il l'avait reconduite à Versailles en voiture. Puis, le lendemain même, il était venu la rechercher, elle, son pauvre bagage et la pendule. Laurence avait voulu s'opposer au départ de la machine.

« Et toutes ces réparations que nous avons payées... Elle est plus à nous qu'à vous... »

On recommençait à parler du juge et du commissaire, lorsque Werck, convalescent, avait fait une apparition saisissante. Vêtu d'une robe de chambre taillée dans de vieux rideaux, qui lui descendait jusqu'aux chevilles, il ressemblait à un tragédien antique, encore que les cothurnes étaient remplacés par des babouches. En cours de jaunisse, il s'était identifié à Thésée et c'est après avoir évoqué les malheurs de ce héros que, d'une voix sépulcrale, il consentit à la cruelle séparation.

Boulevard Malesherbes, dans son bureau, véritable musée d'objets et de tableaux anciens, Villognon-Marois avait lui-même téléphoné à « SVP » afin d'obtenir des adresses de pensions pour vieilles dames seules, cependant que sa secrétaire courait prendre à la banque, avant la fermeture à midi, cent impressionnants billets de cinq cents francs chacun. Depuis, sauf au mois d'août, il était venu une fois par semaine à Neuilly rendre visite à sa protégée. C'était toujours avant le dîner. Ils commandaient une demi-bouteille de champagne, juste frais, qu'ils dégustaient lentement, cependant que l'expert faisait le point de ses initiatives pour que la vente aux enchères de la pendule, le 10 octobre, au Palais Galliera, soit réussie. Il avait envoyé une longue notice aux riches amateurs connus en Europe et aux États-Unis, à tous les conservateurs de musées importants, y compris ceux de Moscou et de Leningrad. Celle-ci ne comportait pas seulement la photographie et la description de la machine proposée, mais également toute une partie historique, résultat des recherches auxquelles il avait consacré ses vacances, allant sur place consulter des archives, avec cette application inhérente à sa nature, si éloignée de ses attitudes. Il semblait maintenant établi que la précieuse machine avait été enlevée par des pillards lors de la traversée de la Lorraine par une diligence qui la transportait vers son acquéreur, George II, Grand Électeur de Hanovre, subsidiairement roi d'Angleterre. Depuis le début de septembre, la pendule faisait l'objet d'examens nombreux. Mais, bien entendu, Villognon-Marois ne pouvait, à coup sûr, établir la différence entre les curieux et les vrais amateurs, ceux-ci se montrant aussi attentifs, si ce n'est plus, que ceux-là. Enfin, l'on pouvait compter sur la présence d'un riche banquier et celle d'un armateur grec. Et là-dessus, il brodait. Le mieux serait d'en avoir plusieurs de la même catégorie. Ces gens s'échauffent plus volontiers lorsqu'ils sont entre eux. Un Rothschild seul reste désespérément calme, alors que la présence de l'un quelconque de ses cousins lui donne du mordant. N'importe quel acheteur réputé très sérieux se comporte tout différemment selon la compagnie dans laquelle il se trouve. L'influence d'une petite amie, extrêmement bénéfique dans une adjudication de perles ou de diamants, se révélerait désastreuse s'agissant d'un objet de cette dimension. En revanche, les femmes légitimes, auxquelles les contrats de mariage confèrent toujours tout ou partie de la propriété des objets mobiliers, étaient appelées à jouer un rôle utile. Les deux toiles de maître, un Rembrandt et un Cézanne, qui allaient être vendues le même jour, ne créaient pas une concurrence à redouter. Bien au contraire, car Janus, aussi précieuse fût-elle, n'aurait pas, seule, justifié l'installation de ce télex avec New York dont le crépitement pouvait apporter la fortune.

Maintenant que le grand jour était venu, Élisa ressassait en pensée les propos à bâtons rompus tenus par l'expert au cours de leurs bavardages. Les paradoxes dont elle s'était divertie, dans l'euphorie créée par le champagne, se transformaient en vérités premières. Plus encore, elle les triait pour ne retenir que ceux qui alimentaient l'anxiété à laquelle elle s'abandonnait depuis le petit matin.

« L'erreur est la règle, la vérité est l'accident de l'erreur. Cette phrase décisive est curieusement de Georges Duhamel. Où la profondeur va-t-elle se nicher. »

« Vous ne savez pas ce que sont les experts judiciaires. Tout simplement des gens qui possèdent l'art d'habiller leurs errements. Par exemple, ils sont les seuls, après l'écroulement d'un pont, à disposer d'un vocabulaire technique qui permettra de rejeter la responsabilité de l'accident sur le chauffeur de la locomotive. »

Vingt, trente affirmations de cette veine établissaient péremptoirement le caractère illusoire des apaisements prodigués simultanément par Villognon-Marois. Elle l'imaginait déjà se frappant la poitrine.

« Il ne fallait pas me croire, ma chère, je vous l'avais bien dit. »

Seulement, du prêt de cinquante mille francs, il restait huit mille francs, vingt jours de pension à Neuilly. Avant de prendre le métro, elle n'avait pas touché à son déjeuner, vivant par avance en imagination sa future disette. Avenue Pierre-Iᵉʳ-de-Serbie, perdant tout courage, elle préféra s'asseoir sur un banc public et regarder les gens entrer. Elle resta là, comme paralysée, une bonne demi-heure. Puis, le froid la poussa en avant. Arrivée en haut des marches, elle vit dans le fond une rangée de dos qui barrait l'entrée de la grande salle. Mais des haut-parleurs placés dans le vestibule permettaient d'entendre le commissaire-priseur. On vendait des pièces d'orfèvrerie française du xviiiᵉ siècle. Elle essaya de se frayer un passage pour rejoindre Villognon-Marois qui ne devait pas s'expliquer son absence. Mais elle manquait d'autorité et de force. Découragée, elle fit demi-tour. Son regard rencontra celui d'un jeune homme qui dirigeait le vestiaire.

« Vous auriez voulu entrer, madame ? Je crains qu'il n'y ait vraiment plus de place assise.

— Je suis en retard. J'avais rendez-vous avec l'expert. Dites-moi, monsieur, on n'a pas encore essayé de vendre ma pendule ?

— Votre pendule ! Vous êtes la propriétaire !... C'est différent. Suivez-moi. »

Il troua la foule et l'amena jusqu'à Villognon-Marois.

« Alors, vous jouez les grandes vedettes maintenant, en arrivant après tout le monde. Quelle snob !

— J'ai peur. On ne vendra pas. Je vous dois cinquante mille francs. Je vais me retrouver à la rue.

— Ah, c'était le trac ! Soyez rassurée. Vous voyez le petit maigre là-bas, Poil de Carotte vingt ans après, c'est un commissionnaire. Il a un ordre ferme à un million sept cent mille.

— Que dites-vous ?

— Elle lui passera d'ailleurs sous le nez. Je viens de déjeuner, pour le chauffer, avec le commissaire-priseur. C'est un original, très éloigné des usages dans ces lieux, mais fort efficace. Il a lui-même preneur à deux millions.

— Je suis sauvée ! »

Éperdue de reconnaissance, elle lui prit la main dans l'intention de la porter à ses lèvres. Mais il devina le geste, se dégagea et tendit une joue rasée de près qui sentait bon.

« C'est ici qu'il faut m'embrasser... »

Puis l'autre.

« Et là. Venez, je vais vous trouver une place au milieu des journalistes. Nous passons avant les tableaux, donc dans peu de temps. »

A gauche de l'estrade étaient disposées des tables sur lesquelles on avait épinglé de petits écriteaux : « Le Figaro », « La cote des Peintres », etc. Deux places paraissaient vacantes.

« Bonjour, messieurs. Je vous amène la propriétaire de la pendule. Voulez-vous lui accorder l'hospitalité ? Europe n° 1 ne vient pas ?

— Si. C'est Dumontel là-bas qui regarde Rembrandt.

— Et le *New York Herald* ?

— *No*. Je passe "loui" mon papier », répondit le représentant du *Chicago Tribune*.

Elle occuperait donc la place du *New York Herald*.

Puis, le moment décisif arriva.

« Une pendule du XVIIIᵉ siècle, une pièce historique... »

L'adjudication prenait lentement le départ.

« Huit cent mille... Huit cent cinq mille... Allons, messieurs... »

Le nommé Dumontel, de retour, avait sorti de sa gaine un magnétophone. Apprenant par un confrère qui était sa voisine, il prit son micro.

« La vente de la célèbre Janus est commencée. J'ai réussi à joindre sa riche propriétaire. Madame, nos auditeurs aimeront certainement savoir de combien de pièces aussi rares vous disposez dans vos réserves.

— Je vous en prie, monsieur. »

Elle repoussait d'un geste suppliant le disque de métal chromé.

Durant le premier quart d'heure, le commissaire-priseur sembla s'ennuyer. Il étudiait pourtant sa salle d'un œil exercé, en quête du protagoniste. Et brusquement il se déchaîna.

« Un million deux cent mille francs à ma gauche, le mandataire de la ville de Hanovre, je crois. Les Hanovriens sont tenaces. Ils ont acheté cette merveille voici bientôt deux cent cinquante ans. La livraison a donné lieu à quelques difficultés... Qu'à cela ne tienne ! Ils ne changent pas d'avis pour un rien, ces gens-là. Ils la veulent toujours. Et vous, messieurs,

178

acceptez-vous de voir cette belle persévérance récompensée ? »

Il faisait le simulacre d'abaisser son marteau.

« Voici une enchère de New York. Mille dollars de plus. Ils ne perdent pas leur temps là-bas. *Time is money*... Un million deux cent sept mille. Enfin une offre française. Ce n'est pas malheureux... Un million deux cent neuf mille. C'est vous, monsieur le baron. Non, madame en fourrure, ce n'est pas votre mari... A la bonne heure... C'est cela qu'il fallait faire... Le tirer par le bras... Un million deux cent dix mille cinq cents francs pour le mari de la dame frileuse. Pardon ?... *Time is money.*" Cela fait donc un million deux cent dix-sept mille cinq cents pour New York. Alors Hanovre ? Non, c'est fini de ce côté-là. On disait cette République Fédérale Allemande si prospère pourtant. Il ne faut pas croire les journaux. Un million deux cent dix-neuf mille... Tiens, aurais-je réussi à chatouiller l'amour-propre germanique ? C'est la Ruhr qui intervient. L'industrie lourde prend la relève de cette pauvre municipalité. Je me disais bien aussi que le baron von Wlissen n'était pas là en simple curieux. Un million deux cent dix-neuf mille cent francs... C'est une surenchère française, celle-ci, de cent francs seulement, on sent l'horreur du gaspillage... Un million deux cent vingt-neuf mille... Un million quatre cent dix mille... Deux millions... »

New York majora aussitôt de mille dollars.

« ... Deux millions sept mille francs ! »

Élisa, abasourdie, en arrivait à souhaiter que les enchères s'arrêtent pour mettre fin à cette tension intolérable. Un journaliste installé à côté d'elle tapa familièrement sur son épaule.

« Vous ne vous embêtez pas, dites donc.

— Mais c'est bien trop. Je ne demandais pas tant !

— Et du chiqué, en plus. On voit que vous ne savez pas ce que c'est de tirer le diable par la queue toute l'année.

— Moi ! »

Elle n'ajouta rien. Mais à son regard, il sentit sans se l'expliquer qu'il parlait à la légère et il reprit sur un ton différent.

« Vous comprenez, j'ai trois gosses et je gagne huit mille cinq par mois. C'est ma faute, d'ailleurs. Dans ce métier, on ne devrait pas se marier. »

Elle se pencha vers lui.

« Donnez-moi votre adresse. Quand j'aurai touché cet argent, j'irai porter des friandises et des jouets à vos enfants. »

A trois millions deux cent mille francs, la plupart des amateurs avaient lâché prise. La lutte était circonscrite entre deux Allemands. Debout, grand, élégant, le baron von Wlissen se bornait à lever un doigt ganté. Assis à côté de la dame à la fourrure, un petit monsieur gras, chauve, le banquier rhénan Silberman. Comme il ne comprenait pas le français, sa femme servait d'interprète. En fait, cela se limitait à peu de chose. Quand son tour venait d'enchérir, elle lui tirait le bras et, aussitôt, telle une marionnette bien articulée, il baissait la tête. Les spectateurs regardaient alternativement les deux rivaux qui, l'un et l'autre, luttaient pour la même cause, emporter en Allemagne la pendule destinée autrefois au Grand Électeur de Hanovre. Mais, chaque fois qu'on consultait New York, le télex transmettait la même réponse, mille dollars de plus. Au chiffre de quatre millions trois cent soixante mille francs, la surenchère fut portée à quatre mille dollars d'un coup. Mais c'était la dernière salve avant l'abandon. Le baron, lui, lutta encore un peu. Enfin, il fit un signe de dénégation, s'inclina en direction de son vainqueur et se retourna pour aller prendre l'air.

Le commissaire-priseur venait d'essuyer son front en sueur, lorsqu'il fit enfin le geste tant de fois esquissé. Le marteau d'ivoire s'abattit sur la table.

« Adjugé pour quatre millions cinq cent quarante mille francs. »

Alors, un personnage triste, la pomme d'Adam saillante au-dessus d'un col de celluloïd, se leva au deuxième rang et déclara d'une voix neutre :

« J'use du droit de préemption au nom du ministre chargé des Affaires culturelles. »

Cette déclaration provoqua un brouhaha et des exclamations. Les journalistes s'affairaient. L'homme d'Europe n° 1 la confia mot pour mot à son magnétophone. Élisa s'accrocha au bras de Villognon-Marois qui arrivait vers elle.

« Que se passe-t-il ?

— Rien de fâcheux pour vous. Votre capital

n'est pas en cause. Seulement, la pendule va au musée du Louvre. Ainsi, votre illuminé de fils pourra se payer une chaise pliante et reprendre, les mercredis après-midi, ses contemplations passées. Venez remercier et féliciter Lépine, qui a magnifiquement défendu vos intérêts.

— Quatre millions cinq cent quarante mille francs ! Cela fait plus de quatre cents millions... Ai-je bien entendu ?

— Ne m'accablez pas, chère amie. Je l'avais évaluée à un million. Vous le constatez par vous-même, les experts se trompent toujours. »

Peu de temps après, ils faisaient ensemble quelques pas dans la cour.

« A votre place, j'irais, après ces émotions, me reposer deux heures. Je suppose que vous ne tarderez pas à changer de résidence. En plaçant votre argent à cinq pour cent, vous disposerez de deux cent mille nouveaux francs de revenu. Tireriez-vous chaque année vingt à trente mille francs de plus sur le capital, ce ne serait pas grave. Si vous mourez dans une quinzaine d'années, vous laisserez encore une succession inespérée. Si vous atteignez le siècle, comme tout me porte à le croire, l'héritage sera fortement diminué. Mais quelle importance, puisque, d'évidence, votre bilieux de fils ne sera plus alors sur terre, pour le recevoir. Vous voici largement en mesure de nourrir tous les moineaux et chiens errants de l'agglomération parisienne.

— Je vais en avoir un à moi. J'avais demandé

au marchand de me le garder jusqu'à demain. C'est un cocker.

— Peut-être vos ressources s'épuisent-elles. N'hésitez pas, dans ce cas, à me demander une nouvelle avance, en attendant votre chèque. D'ailleurs, vous n'avez qu'à vous adresser à Madeleine.

— Je le ferai certainement. Je suis maintenant en mesure de vous inviter à dîner. J'aimerais tant passer la soirée avec vous pour vous dire toute cette gratitude de rescapée que j'éprouve.

— C'eût été avec joie, mais j'ai convié tout à l'heure deux Allemandes. Quel dommage ! Nous dînerons ensemble demain. Je vous téléphonerai le matin. Il faut que je retourne me placer à la disposition de ces collectionneurs éclairés qui sont, en fait, empêtrés dans leur argent. »

Pourtant, après avoir pris congé, il se retourna et la rejoignit.

« J'ai réfléchi. Dînons ensemble ce soir. Vous n'êtes pas collet monté. La présence de ces deux jeunes femmes ne vous gêne pas ?

— Non... J'aurais évidemment préféré que nous soyons seuls.

— Pour moi, ce sera finalement une excellente chose. Si elles ne viennent pas, ce qui est probable, je passerai une soirée agréable en votre compagnie, au lieu de sécher tristement. Dans l'autre cas, il sera de bonne politique que je ne fasse pas figure de vieux marcheur. Je viendrai vous prendre à Neuilly à sept heures et demie. »

Chez Lasserre, le dîner dura longtemps. Un sommelier attentif veillait à ce que les verres demeurent aux trois quarts pleins du champagne préféré de Villognon-Marois, le Bollinger 1979. Celui-ci se montrait également empressé auprès des trois femmes. Il surveillait le repas d'Élisa, prenait affectueusement soin de la protéger contre un abus de nourriture ou de boisson. A l'endroit des jeunes filles, il se montrait un autre homme. Le personnage raffiné cédait le pas au galant sur le retour. Pour allumer et rallumer leurs cigarettes, le savant expert adoptait, à force d'empressement, les gestes d'un apprenti maître d'hôtel. Chaque fois que l'une ou l'autre allait ou revenait du local des lavabos, dans lequel étaient disposés en abondance les miroirs dont ces demoiselles ne pouvaient se passer durant plus d'une demi-heure, il se levait avec ostentation. Ces manières s'accompagnaient, bien entendu, de grandes largesses de compliments. Faute de parler l'allemand, il ne pouvait formuler directement ceux destinés à la fille au chignon, la plus belle pourtant. Aussi est-ce avec enthousiasme qu'il avait découvert en Élisa une interprète fidèle.

« Durant ma prime enfance, il était presque interdit d'utiliser le français. »

Celle-ci s'acquittait de la tâche avec tout le bon vouloir que lui dictait sa reconnaissance envers Villognon-Marois ; cependant, elle le faisait machinalement, tant il lui était difficile de chasser ses propres pensées et de se détacher de l'environnement. Un tel luxe lui aurait déjà coupé le souffle au temps de sa prospérité, à Séverin-le-Château, mais au sortir d'une si longue période de misère, en dépit de l'amour de la vie qu'elle avait conservé à travers les années et les vicissitudes, il constituait un choc trop brutal. Et comment ne pas revivre en pensée la scène dramatique de l'après-midi, depuis son effroi jusqu'à l'heureux aboutissement ?

« Chère amie, dites-lui que je voudrais être Léonard de Vinci pour immortaliser son regard, auprès duquel celui de la Joconde n'exprime que des supputations de femme de ménage... »

Elle traduisait, tout en continuant à chercher un nom pour son cocker dans les poils duquel elle enfonçait les mains, en un rêve si intense qu'elle ressentait déjà sur ses paumes le chaud contact de l'animal. Elle en sortit brusquement en entendant son voisin proférer une exclamation bien insolite.

« Nom de Dieu ! »

Puis, elle le vit se précipiter en avant pour baiser le poignet finement ciselé de la belle Allemande. C'est pourtant elle, qui, sans y porter attention, venait de traduire la phrase qui provoquait cet éclat :

« Ce Français n'est évidemment pas jeune, mais il est tellement bien élevé ! Il a du charme, beaucoup de charme... Il me convient. »

Le destin, le jour suivant, choisit pour instrument la femme de Glorion. Celle-ci était accoutumée à lire *Le Figaro* dans son entier. Frappée par le nom d'une dame Élisa Werck dans le compte rendu de l'adjudication au Palais Galliéra, elle fit le rapprochement avec la pendule du censeur et s'en fut faire part de sa découverte à Laurence. Celle-ci ne possédait pas le don de susciter les confidences. Elle ignorait encore tout des événements de l'été, si ce n'est leurs manifestations extérieures, la jaunisse, d'ailleurs guérie, et le départ de sa belle-mère. Aussi refusa-t-elle, en haussant les épaules, d'admettre la moindre chance d'identité entre un objet de grande valeur et celui qu'elle avait tant de fois épousseté. Mais, pendant qu'elle continuait à vaquer aux soins ménagers, des idées s'assemblèrent. Une demi-heure après, elle arrivait à la loge pour relire l'article et téléphoner. Au Palais Galliera, elle n'obtint aucun renseignement, ni au journal. Enfin, elle réussit à parler au commissaire-priseur qui ne savait pas grand-chose, si ce n'est que Mme Werck paraissait effectivement avoir plus de soixante-dix ans et qu'elle habitait une pension de famille à Neuilly. Le prénom était bien Élisa. Alors, la voix de Laurence se cassa et elle commença à haleter. Quand, au cours de la quatrième communication téléphonique, la secrétaire de Villognon-Marois, qui ne soupçonnait pas le poids de ses paroles, confirma que Mme Élisa Werck était bien venue de Versailles, fin juillet, avec sa pendule, elle réalisa sans espoir d'erreur que plus de quatre millions venaient de lui passer sous le nez ! Elle s'abattit sur le carrelage en arrachant le fil du combiné resté emprisonné dans sa main droite, puis mourut dans la nuit sans avoir repris connaissance.

Deux semaines après l'inhumation, Werck fit appeler le concierge pour l'informer qu'une personne viendrait chez lui, en taxi, dans la journée ; il conviendrait alors d'ouvrir la porte cochère et de le prévenir.

Élisa, précédée d'un chien roux aux longues oreilles, sortit du véhicule. Le chauffeur descendit les valises, celles du coffre d'abord, puis d'autres sanglées dans une galerie sur le toit. Dès le lendemain, une bien surprenante odeur de lapin sauté à la moutarde se dégageait de l'appartement du censeur.

Au milieu de novembre, quelques professeurs qui quittaient le lycée après les cours s'arrêtèrent au passage devant la demeure de Werck et, malgré le temps peu engageant, simulèrent un conciliabule pour mieux observer. On entendait jaillir des airs à la mode aussi bien du rez-de-chaussée que du premier étage. Cela provenait d'une dizaine de peintres en bâtiment qui ne s'arrêtaient de siffler et de chanter que pour lancer des galanteries à la petite bonne récemment arrivée de Lorraine. Une antenne de télévision surmontait le toit. Des effluves appétissants émanaient de la cuisine, dans laquelle on voyait la silhouette d'Élisa affairée se découper à travers les rideaux citron, au-dessus d'une rangée de pots de fleurs garnis de plantes encore vives. Une odeur de pâtisserie commençait à dominer celle du boudin du déjeuner. Le professeur de sciences physiques déclara :

« Quel changement ! En vérité, notre ami Werck fait un curieux veuf. N'est-ce pas d'avoir trop longuement porté le deuil avant ? »

C'est ce même professeur que le censeur prit par le bras peu avant Noël.

« Cher ami, quitterez-vous la ville pendant les Fêtes ?

— Non. L'état de mes finances ne m'incite guère à la dépense.

— Pourtant, vous êtes célibataire.

— C'est peut-être à cause de cela.

— En tout cas, si à un moment quelconque vous désiriez, dans ce domaine, notre aide, n'hésitez surtout pas.

— Je vous remercie.

— Cher ami, accepteriez-vous, durant ces deux semaines de congé, de me donner quelques leçons, en collègue, et à charge de revanche ? Vous viendriez, ces soirs-là, dîner chez nous. Ma mère est un remarquable cordon bleu. Nous travaillerions ensuite. Il s'agit principalement du moteur à explosion et de l'alternateur. Je confesse avoir tout oublié du peu que j'aie jamais su. A mon époque, vous le savez, dans les séries littéraires, on ne s'attardait guère sur ces matières. Je ne voudrais pourtant pas, comme un simple garçon de courses, appuyer sur des manettes dans l'ignorance des phénomènes qu'elles déclenchent. Or, nous allons commander une automobile. Ma mère ne désire pas rester dans l'enceinte de l'établissement les

188

mercredis et les dimanches. Nous avons aussi projeté de grands déplacements pour cet été. Nous visiterons Nice, puis Florence et Venise, avant d'aller nous reposer de ces fatigues en Moselle. Nous venons de régler là-bas la succession de mon père en souffrance depuis treize ans. Il nous reste à nous recueillir sur sa tombe. En votre qualité de scientifique, vous pourrez également nous conseiller utilement sur le choix du véhicule. J'ai tous les catalogues à la maison. Nous pensions d'abord à la petite Renault, vous savez, le modèle adopté par la police. Ma mère, qui a eu fortuitement l'occasion de l'utiliser en juillet dernier, en a gardé un excellent souvenir. Mais il nous a fallu y renoncer. L'habitacle est par trop exigu pour ma taille. D'ailleurs, où mettrions-nous nos trois chiens dont nous ne saurions nous séparer ! C'est donc entre les breaks que nous devons nous prononcer. »

Le Livre de Poche Club

**PROMENADE
PAR TEMPS DE GUERRE**
Anne-Marie POL

Octobre 1918. L'un des derniers bombardements
de la guerre permet à Victor, quatorze ans,
de s'échapper de l'orphelinat où il est enfermé depuis
quatre ans.

Et il part, droit devant lui, soutenu par cette
certitude : « Mon père n'est pas mort, il m'attend,
quelque part. » A travers la France, sa quête
sera longue, douloureuse, mêlée de brèves
rencontres : Marcel Dupin, l'orphelin aux yeux de
chien battu, qui s'accroche à ses pas ; la belle et
farouche Aliénor de Tornegat dont il est amoureux...

Mais Victor ne poursuit-il pas un rêve, un
rêve impossible ?

Promenade par temps de guerre est un roman
pudique et émouvant. Longtemps, la dernière page
refermée, l'on garde en mémoire la quête tragique de
cet enfant qui devient un homme.

DES CORNICHONS
AU CHOCOLAT
STÉPHANIE

Stéphanie a treize ans, un chat-confident nommé Garfunkel et un goût discutable pour les sandwiches aux cornichons et au chocolat.

Elle partage sa vie entre le lycée, ses amis qui n'en sont pas vraiment, et ses parents qui ne s'entendent plus.

Stéphanie est seule. Seule face à elle-même, seule face aux autres dont elle espère un peu d'amour.

Écrit par une jeune fille de treize ans, ce roman est tour à tour sensible, comique et pathétique.

SIMON ET L'ENFANT
Joseph JOFFO

Paris sous l'Occupation. Franck vit avec sa mère et Simon, un juif qui se cache. Franck déteste cet homme qui n'est pas son père. A dix ans, l'amour est exclusif...

Pourtant le destin contraindra l'homme et l'enfant à faire alliance. Un destin aux couleurs sombres : la clandestinité, les rafles de juifs, l'internement au camp de Drancy... Au côté de Simon, le petit garçon va mener sa propre guerre et se battre pour survivre. Entre eux, une grande amitié naîtra...

Par l'auteur d'*Un sac de billes*. Un roman émouvant où l'humour et le tragique se côtoient sans cesse.

Composition réalisée par C.M.L., Montrouge.

IMPRIMÉ EN FRANCE PAR BRODARD ET TAUPIN
Usine de La Flèche (Sarthe).

ISBN : 2 - 010 - 13753 - 1

32/0062/3